LES S
DRÔL

PANTAGRUEL

LES SONGES DRÔLATIQUES

DE

PANTAGRUEL

OÙ SONT CONTENUES CENT VINGT FIGURES
DE L'INVENTION DE
MAITRE FRANÇOIS RABELAIS

VirtuHall Concept
- Jacques Martel -

• Éditions : BoD - Books on Demand
12/14 rond-point des Champs-Élysées, 75008 Paris
Impression : BoD - Books on Demand, Norderstedt, Allemagne

ISBN : 9782322190515

Dépôt légal : Mars 2020

AVANT-PROPOS

Les Songes Drôlatiques de Pantagruel sont une série de 120 gravures publiées par *Richard Breton* en 1565, attribuées (fort probablement à tort) à *François Rabelais*, décédé depuis douze ans, sans que cela ait été contesté publiquement à l'époque.

Les figures ont vraisemblablement été dessinées par le couturier *François Desprez*, dont *Richard Breton* avait déjà édité, l'année précédente, *Le Recueil De La Diversité Des Habits, Qui Sont De Présent Usage ; Tant Dans Les Pays D'Europe, Asie, Afrique & Iles Sauvages, Le Tout Fait D'Après Le Naturel*.

Depuis la première édition d'autres se sont succédées, certaines agrémentées de commentaires liants les figures des Songes aux personnages des cinq livres de *François Rabelais*, ou à certains de ses contemporains.

Deux éditions sont utilisées dans cet ouvrage :
- Celle dite du *Grand Jacques* (second tirage, 1869), pour les notes, les noms des personnages et les commentaires.
- Celle dite *Tross* (troisième édition, 1870) pour les gravures et le salut au lecteur de *Richard Breton*.

Vous souhaitant un aimable et joyeux voyage dans les Songes de Pantagruel.

Jacques Martel

LES SONGES

DROLATIQUES

DE

PANTAGRUEL

OU SONT CONTENUES CENT VINGT FIGURES
DE L'INVENTION DE

MAITRE FRANÇOIS RABELAIS

Copiées en fac-similé par JULES MOREL sur l'édition de 1565

POUR LA

RECREATION DES BONS ESPRITS

Avec un Texte explicatif & des Notes
PAR
LE GRAND JACQUES
(GABRIEL RICHARD)

SECOND TIRAGE

PARIS

CHEZ LES BONS LIBRAIRES

et aux Bureaux, 19 rue des Martyrs

M DCCC LXIX

SUPPLEMENT
aux oeuvres de maistre

FRANÇOIS RABELAIS

LES SONGES DROLATIQUES

DE

PANTAGRUEL

SUITE DE 120 GRAVURES SUR BOIS

TROISIÈME EDITION

PARIS, LIBRAIRIE TROSS
5, RUE NEUVE DES PETITS CHAMPS, 5

M DCCC LXX

PANURGE

NOTES

SUR CETTE ÉDITION

DES SONGES DROLATIQUES

Vers la fin de l'année 1868, un de mes amis me présenta un dessinateur, M. Jules Morel, qui passait la plus grande partie de ses loisirs à la Bibliothèque impériale. M. Morel me raconta qu'on lui avait confié un volume, publié en 1565, qui renfermait, sous ce titre : LES SONGES DROLATIQUES DE PANTAGRUEL, une série de cent vingt dessins de maître François Rabelais, destinés à l'illustration de son oeuvre. Cela m'émut. Je suis moins bibliophile que bibliomane, et il est de petits livres peu courus que j'estime mieux que certains incunables. Mais j'ai été élevé dans l'amour, le respect et l'admiration du grand curé de Meudon, dont Balzac seul a su tracer le portrait et dire la grandeur incomparable.

Rien de ce qui touche à Rabelais ne saurait m'être indifférent. Je priai M. Morel de copier quelques-uns de ces dessins, en regrettant qu'une vie trop active ne me permît pas de remonter moi-même à la source de sa découverte. Les premières esquisses qui me furent apportées me jetèrent dans une sorte d'étourdissement. Je ne connaissais Rabelais que pour savoir son livre par coeur, mais si jamais l'âme, l'esprit et les facultés d'un homme se sont incarnés dans son ouvrage, c'est certainement quand maître Alcofribas écrivit les six livres du Pantagruel. — Je prétends donc avoir ses secrets, pour l'avoir beaucoup aimé, et j'affirme, par une intuition étrangère aux recherches savantes, que les gravures dont les épreuves m'étaient soumises appartiennent à la plume et à l'imagination de Rabelais lui-même. — Il me reste peu de doutes à cet égard, et je m'appuie pour cela sur ma conviction personnelle plus que sur l'affirmation de l'édition de 1565, qui donne les cent vingt figures des *Songes drôlatiques* comme étant de l'invention de François Rabelais.

On y retrouve en effet sa verve, son originalité, sa bizarrerie, son accent et son style. Je priai M. Morel de m'apporter la suite de ces gravures, et il les copia avec un soin scrupuleux. A mesure que je passais en revue les types de cette merveilleuse galerie, une idée assez naturelle me vint : c'est que ces dessins étaient connus de Gustave Doré, quand il illustra le Rabelais de Bry aîné et de Paul Lacroix, en 1854. Je n'ai pas l'intention de rabaisser le mérite de M. G. Doré, que je ne connais que par l'estime que m'inspirent ses oeuvres, et je crois qu'on ne peut que s'enorgueillir d'avoir puisé dans Rabelais des indications ou des idées. Je ne demande pourtant aucun aveu, car j'ai là-dessus des convictions arrêtées. Le chef-d'oeuvre de M. Doré, n'en déplaise aux éditeurs du Dante et de La Fontaine, c'est le Rabelais.

Il passa de ce livre aux *Contes drôlatiques*, une autre merveille, qu'on ne saurait pourtant comparer au premier travail. Doré était certainement inspiré par Rabelais, quand il traduisit son œuvre. En illustrant plus tard un pastiche de Balzac, il se trouva dans un milieu factice ; il y a entre cette dernière oeuvre et la première la distance qui sépare une copie d'un original.

Je veux dire toute la valeur artistique du Rabelais de Doré, et je ne puis mieux faire pour cela que de raconter des faits assez curieux pour intéresser le public. Lorsque je devins éditeur, il y a quelques années, un de mes premiers soins fut de m'informer de ce qu'étaient devenus les bois dont on avait illustré le Pantagruel de Bry aîné. Cette édition, dont les gravures étaient admirables, avait été fort négligée comme typographie. M. Bry était mort. Les bois du Rabelais, confondus avec dix mille autres, étaient relégués dans un grenier, et faisaient partie d'une propriété contestée par plusieurs procès. Il y avait là-dessous des successions à liquider, des droits de mineurs, mille questions de chicane. Je dus renoncer à mes projets de publication.

Quelques années plus tard, au commencement de 1868, si je ne me trompe, je reçus une circulaire annonçant la vente par-devant notaire d'une grande quantité de bois provenant d'anciennes éditions. Le Rabelais de G. Doré, composé de cent dessins environ, figurait sur la liste. Les enchères devaient s'ouvrir sur une mise à prix de trois cents francs.

Je passe sur les formalités de la vente et sur les premières adjudications. J'étais placé auprès d'un de nos principaux éditeurs de publications illustrées, M. H..., et je lui dis mes intentions.

— Ne vous enthousiasmez pas, me dit-il ; le Rabelais ira à cinq ou six cents francs...

Cependant, quand on le mit à prix, il se fit un silence particulier. Le notaire prévint que deux oppositions étaient formées à cette vente, et que les charges et dangers des procès qui pourraient en résulter étaient à la charge des adjudicataires. Cela parut refroidir l'assemblée. Toutefois, les enchères atteignirent assez facilement le chiffre de mille francs. Après un instant d'hésitation, elles reprirent, et par cinquante francs, arrivèrent à deux mille francs. La lutte était ouverte entre un inconnu et un libraire de Paris. Le libraire abandonna la partie.

Il ne m'était pas possible d'entrer en lice, pour des raisons qu'il est inutile de développer. Les enchères restèrent ouvertes à deux mille francs pendant cinq minutes ; un des assistants les porta tout-à-coup à deux mille cinq cents francs.

Un quart d'heure après, les cent bois du Rabelais étaient adjugés à MM. Garnier frères, au prix de six mille francs, plus les frais et droits de la vente, et les procès à soutenir.

Nous fermerons ici cette parenthèse.

Quand M. Jules Morel nous eut montré l'ensemble des gravures des *Songes drôlatiques*, nous résolûmes d'en faire une édition populaire, qui pût arriver dans les mains de tous les lecteurs de Rabelais. Les frais spéciaux d'une impression pareille créaient de graves difficultés à ce projet, mais elles n'étaient pas insurmontables.

Notre travail était commencé, lorsque nous apprîmes que deux éditions de ces dessins venaient d'être récemment publiées :

L'une, datée de 1868, et tirée à trois cents exemplaires sur papier de Hollande, imprimée par Blanchard à Genève, éditée par MM. J. Gay et fils, de la même ville, était en vente à Paris, à la librairie des Bibliophiles, au prix de quinze francs.

La seconde, datée de 1869, imprimée par Louis Perrin de Lyon, tirée à petit nombre, était éditée par M.E. Tross, bibliophile distingué et libraire à Paris, au prix de vingt, trente et cent cinquante francs l'exemplaire.

Cela mettait Rabelais bien haut et bien loin. Nous pensons, éditeur indigne, qu'il y a place au soleil pour tout le monde, et que ces richesses ne sauraient, sans injustice, rester au nombre des raretés de bibliothèque. Aussi avons-nous persisté à publier un livre que nous adressons à tous, et qui complète d'une manière admirable les éditions populaires de Rabelais qui paraissent en ce moment.

Pour achever cette revue bibliographique, il faut dire que l'édition de 1565 a été reproduite en partie par le libraire Salior, en 1797 ; et qu'en 1823, Dalibon fit paraître les cent vingt types des *Songes drôlatiques* dans le neuvième volume de l'édition de Rabelais, donnée par MM. Ermangart et Eloi Johanneau. Nous avons emprunté à ces deux auteurs une partie de leurs idées, dans le texte explicatif qui accompagne les gravures des *Songes drôlatiques*. Ce texte, négligé par les éditions récentes dont nous avons parlé, nous paraît nécessaire à l'intelligence de notre édition vulgaire. Nous ne pouvions manquer du reste de nous rencontrer avec MM. Ermangart et Johanneau, ayant de commun avec eux une affection singulière pour Rabelais.

En dehors des volumes qui font partie des bibliothèques publiques, on ne connaît aux mains des bibliophiles que cinq à six exemplaires originaux des *Songes drôlatiques*. Ils sont fort recherchés dans les ventes, et le dernier exemplaire vendu, provenant de la collection de G. Brunet, a atteint, en 1868, le prix de mille cinq cents francs.

L'auteur de la *Bibliographie instructive* affirme que Callot a pris dans cet ouvrage un certain nombre de ses types grotesques, et qu'on voit figurer, dans la Tentation de saint Antoine, une série de diables directement issus des rêveries de Pantagruel. Il n'y a pas d'injure à accuser Callot de s'être inspiré de cette oeuvre.

L'édition de 1565, à laquelle nous empruntons nos cent vingt types, a été publiée douze ans
après la mort de Rabelais. Elle forme un petit volume
in-18, contenant soixante-trois feuillets non paginés,
imprimés des deux côtés, qui donnent la suite des
cent vingt *Songes drôlatiques*, sans y ajouter aucune explication. Un feuillet, qui compléterait le nombre de
soixante-quatre feuilles, semble avoir été enlevé à tous
les exemplaires.

Les éditions nouvelles plus haut citées (Genève, 1868 ; Paris, 1869) contiennent les cent vingt
gravures sans aucune légende, et reproduisent l'édition de 1565 en fac-similé. Elles s'excusent l'une et
l'autre de ne point donner de commentaires.

M.E. Tross prétend, comme l'a fait autrefois
M.G. Brufiet, que Rabelais est étranger à ce travail.
Nous trouvons bien absolue cette opinion, diamétralement opposée à la nôtre. M. Paul Lacroix, qui a écrit
la préface de l'édition de Genève, est moins affirmatif.
Il convient que « ces compositions très-ingénieuses et
très-plaisantes ne seraient pas indignes de Rabelais, si
l'on pouvait démontrer qu'il savait se servir du crayon
aussi bien que de la plume ». Et quelques lignes plus
loin, M. Lacroix avoue que Rabelais, excellent architecte, devait être en même temps bon dessinateur...

Il semble, après cela, que la cause soit entendue. L'examen des gravures fournit, selon nous, des
arguments en notre faveur. La planche XXXIII porte
sur la lame d'un couteau un A bien distinct, et le
casque du personnage de la planche CV est orné du

monogramme favori de Rabelais : A N — Alcofribas Nasier. Ce chiffre est plus nettement écrit encore au bas de la robe du pape Jules II, planche XIV. Or, il est bien difficile d'attribuer au Maître quelques-uns de ces dessins et de lui refuser les autres. Toute l'oeuvre est évidemment de la même main.

Nous sommes pourtant de l'avis de nos adversaires sur un point important ; c'est que le sens des figures des *Songes drôlatiques* n'a pas été indiqué d'une manière entièrement satisfaisante. MM. Ermangart et Éloi Johanneau, dans l'édition de 1823, ont prétendu tout expliquer et ne rien laisser dans l'ombre. Ils ont élevé ces dessins, sans exception, au rang de caricatures et d'allusions politiques. Là est sans doute l'exagération.

Nous ne croyons pas que Rabelais ait voulu faire une satire régulière de ses contemporains dans le Pantagruel. C'est avant tout un fantaisiste et un railleur ; le Maître qui possède au plus haut degré l'esprit français, le mot gaulois, le bon sens et le vrai rire. Il ne fuit pas l'allusion, mais il ne la cherche pas. Panurge est un « affreux couard » et Jean des Entommeures un « superbe ivrogne » ; tant pis pour qui s'y reconnaît.

Au reste, M. E. Tross résume la question dans quelques lignes excellentes qu'il nous permettra de citer :

« Nous croyons, dit-il, qu'il ne faut pas étouffer les ingénieux badinages de Rabelais sous des commentaires historiques forcés et insipides. On juge bien mal le redoutable satirique du genre humain, en le réduisant aux proportions d'un libelliste. Sa raillerie porte sur le monde entier, non sur les mesquines intrigues de la cour. Il s'est sans doute exercé parfois sur le personnage contemporain, sur l'anecdote du jour, mais ces allusions sont difficiles à préciser... »

La tâche n'est pourtant pas impossible. Il ne faut pas jeter le manche après la cognée, et ne rien dire, de peur de se tromper. — M.P. Lacroix estime, de son côté, que les *Songes drôlatiques* peuvent ne se rapporter qu'aux seize premiers chapitres du Ve livre de Pantagruel, qui parurent d'abord, dans une édition spéciale, en 1562, sous le titre de *L'Isle Sonnante.* — Il promet de faire part aux amis de Rabelais, *plus tard*, de ce qu'il aura pu deviner dans l'énigme des cent vingt gravures.

Nous regrettons sincèrement une abstention que nous ne voulons pas imiter. Notre édition populaire essaie de satisfaire toutes les curiosités. Mais, hâtons-nous de le dire, nous n'imposons pas nos opinions à nos lecteurs.

Ainsi que nous l'avons écrit, l'édition de 1823 nous a fourni d'utiles renseignements. Nous n'avons pas cependant adopté toutes ses explications ; mais, quelques modifications que nous ayons apportées à sa version, nous nous plaisons à reconnaître les services qu'elle nous a rendus. — Dans notre texte, le mot « commentateurs » s'applique à MM. Ermangart et Eloi Johanneau.

Notre édition est la seule qui renferme un portrait de Panurge, qui nous a paru un chef-d'oeuvre

d'expression et de vérité. Il nous vient de la Bibliothèque impériale et est évidemment d'une époque
postérieure aux dessins des *Songes drôlatiques*. Nous
nous demandons si un crayon moderne eut jamais
trouvé cette incarnation vivante du Parisien de Rabelais.

En terminant ces notes, nous avons à rendre
justice au mérite des éditions de luxe de nos confrères
et particulièrement à celle de M.E. Tross, qui nous
paraît irréprochable au point de vue typographique.
Nous nous contenterons de vivre dans son ombre.

Le Grand Jacques.

LE PORTRAIT DE PANURGE

Un jour, Pantagruel, se pourmenant hors de la ville vers l'abbaye Sainct-Anthoine, rencontra un homme beau de stature et élégant en touts linéaments du corps...

De tant loing que le vist Pantagruel, il dist ès-assistants : Voyez-vous cest homme qui vient par le chemin du pont Charenton ? Par ma foi, il n'est paouvre que par fortune, car je vous asseure que à sa physionomie, Nature l'ha produict de riche et noble lignée, mais les adventures des gents curieux l'ont réduict en telle pénurie et indigence...

Liv. II, Chap. IX

Panurge estoit avec lui, ayant tousjours le flacon sous sa robe et quelque morceau de jambon ; car sans cela jamais n'alloit-il, disant que c'estoit son garde-corps : aultre espée ne portoit-il. Et quand Pantagruel lui en voulut bailler une, il respondit qu'elle lui eschaufferoit la râtelle.

Liv. II, Chap. XV

Panurge estoit de stature moyenne, ni trop grand ni trop petit, et avoit le nez un peu aquilin, faict à manche de razouar ; et pourlors estoit de l'âge de trente et cinq ans ou environ, fin à dorer comme une dague de plomb, bien galand homme de sa personne, sinon qu'il estoit quelque peu paillard, et subject de nature à une maladie qu'on appeloit en ce temps-là FAULTE D'ARGENT.... Toutesfois, il avoit soixante et trois manières d'en trouver tousjours à son besoing, dont la plus honorable et la plus commune estoit par façon de larrecin furtivement faict ; malfaisant, pipeur, buveur, batteur de pavés, ribleur s'il en estoit à Paris ; au demourant le meilleur fils du monde, et tousjours machinoit quelque chose contre les sergens et contre le guet...

Il avoit en sa poche un daviet, un pélican, un crochet et quelques aultres ferrements, dont il n'y avoit porte ni coffre qu'il ne crochetast.

En l'aultre, tout plein de petits goubelets, dont il jouoit fort artificiellement, car il avoit les doigts faicts à la main comme Minerve ou Arachne, et avoit autrefois crié le Thériacle. Et quand il changeoit un teston ou quelque aultre pièce, le changeur eust esté plus fin que maistre mouche, si Panurge n'eust faict esvanouir à chascune fois cinq ou six grands blancs visiblement, apertement, manifestement, sans faire lésion, ne blessure aulcune, dont le changeur n'en eust senti que le vent.

Liv. II, Chap. XVI

Fin de compte, il avoit, comme ai dict dessus, soixante et trois manières de recouvrer argent ; mais il en avoit deux cent quatorze de le despendre, hors mis la réparation de dessoubs le nez.

Liv. II, Chap. XVII

Voilà Panurge ; consultez la gravure : que vous en semble ?

J

LES
SONGES
DROLATIQUES

DE
PANTAGRUEL

où sont contenues plusieurs figures
de l'invention de maistre François Rabelais : & dernie-
re œuvre d'iceluy,
pour la recreation
des bons
esprits.

A PARIS

Par Richard Breton, Rue S. Jacques,
à l'Escrevisse d'argent.

M. D. LXV.

AU LECTEUR, SALUT.

La grande familiarité que j'ay eue avec feu François Rabelais m'a incité (amy lecteur) voire contraint de mettre ceste dernière de ses œuvres en lumière, qui est les divers Songes Drolaticques du très-excellent, mirificque Pantagruel : homme jadis très-renommé à cause de ses faicts héroïques, comme les histoires très-plus-que véritables en font des discours admirables : qui est la principale cause que je n'ay (pour éviter prolixité) voulu en faire aucune mention, ainsi seulement je certifiray, comme en passant, que ce sont figures d'une aussi estrange façon qu'il s'en pourroit trouver par toute la terre, et ne croy point que Panurge en ait jamais vu ni cognu de plus admirables es pays où il a faict naguère ses dernières navigations. Or quant à vous faire une ample description des qualitez et estats, j'ay laissé ce labeur à ceux qui ont versé en ceste faculté et y sont plus suffisants que moy : voire pour en déclarer le sens mystique ou allégorique, aussi pour leur imposer les noms, qui à chacun seroit convenable.

Je n'ay semblablement trouvé bon de faire une longue préface pour la recommandation de ceste présent œuvre, cela est à faire à ceux qui veulent faire voler leur renommée parmy l'univers : car comme on dit en commun proverbe, quand le vin est bon, il ne fault point de bouchon à l'huis de la taverne. Je n'ay voulu aussi m'amuser à discourir l'intention de l'autheur, tant à cause que j'en suis incertain, que pour la grande difficulté qui se trouve à contenter tant d'esprits qui sont d'eux mesmes assez lunatiques, j'espère toutefois que plusieurs s'y trouveront fatisfaicts : car celuy qui sera resveur de son naturel y trouvera dequoy resver, le mélancolique dequoy s'esjouir, et le joyeux dequoy rire, pour les bigaretez qui y sont contenues, priant chacun d'eux de prendre le tout en bonne part, l'assurant que mettant ceste œuvre en lumière, je n'ay entendu aucun y estre taxé ni compris de quelque estat ou condition qu'il soit, ainsi seulement pour servir de passe-temps à la jeunesse, joint aussi que plusieurs bons esprits y pourront tirer des inventions tant pour faire crotestes, que pour establir mascarades, ou pour appliquer à ce qu'ils trouveront que l'occasion les incitera ; voila à la vérité qui m'a en partie induit à ne laisser évanouir ce petit labeur, te priant affectueusement le recevoir d'aussi bon cueur qu'il t'est presenté.

CI-APRÈS COMMENCE LA SUITE

DES CXX GRAVURES DES

SONGES DROLATIQUES

DE

PANTAGRUEL

PAR

MAITRE FRANÇOIS RABELAIS

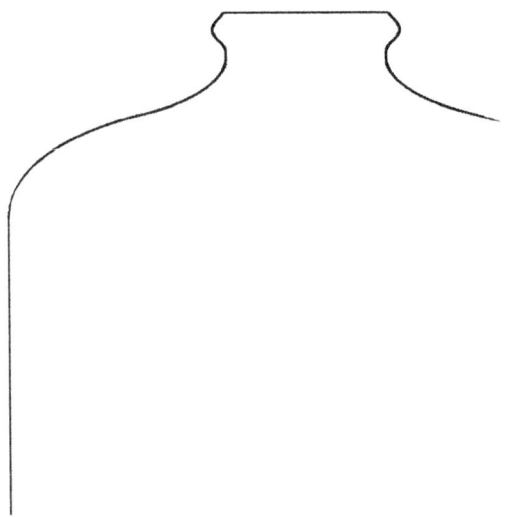

Ce moine singulier, bardé de fer, accolé à une forteresse en forme de prie-Dieu, à laquelle une ceinture le joint étroitement, est sans doute le pape Jules II, à la fois pontife et chef militaire.

Divers pavillons ornent la forteresse ; une épée à rondache et à croc passe par une meurtrière et a l'air d'un signal ; un drapeau est arboré dans l'oreillère du casque du personnage, qui montre par son ouverture une sorte de bec ou de masque de fer.

Son vêtement d'acier affecte la forme d'une cloche, attribut naturel de l'Ile Sonnante - ou Église Romaine. Il semble être à genoux et marcher avec le fort, qui est supporté par des roulettes, comme une machine de guerre.

Jules II entra, à soixante-dix ans, dans la forteresse de la Mirandole, qu'il assiégea et prit d'assaut. C'est le « grand dompteur des Cimbres » des Fanfreluches antidotées.

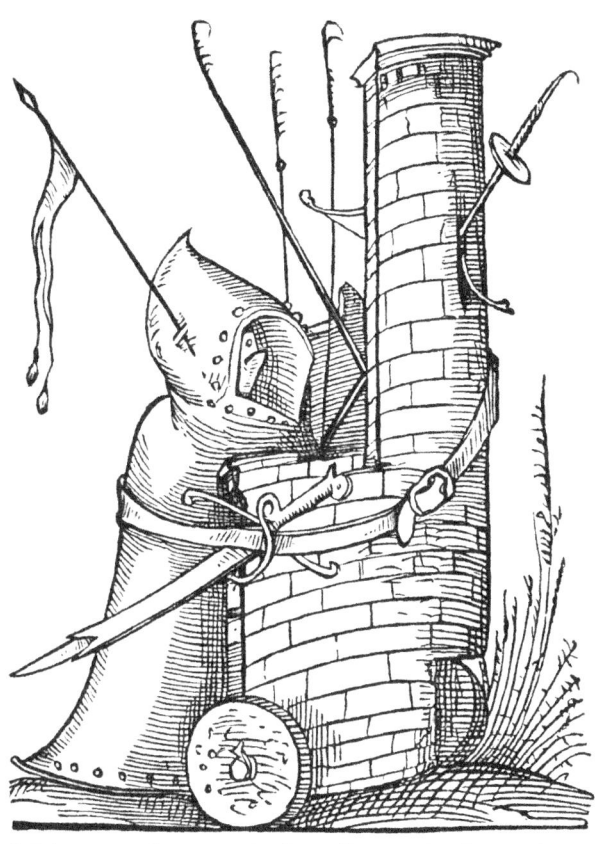

Moine en vêtement de fer affectant la forme d'une cloche, étroitement joint par une ceinture à une forteresse en forme de prie-Dieu. Epée à rondache et à croc...

I
JULES II
LE DOMPTEUR DES CIMBRES

Liv. I, Chap. II

Armé de toutes pièces, omnipotent et ventru, un chevalier, visière baissée, s'avance en faisant sonner ses longs éperons. Sa cuirasse sphérique protège surtout son ventre, sur lequel s'appuie l'extrémité d'un sceptre singulier. Un peu d'attention fait reconnaître dans cet objet une lardoire, d'où s'échappe un lardon découpé en scie.

Ce bravache brandit de la main droite un glaive flamboyant, comme pour défendre sa provende. Sur son casque, en forme de gourde et de plat à barbe, flotte une plume d'oiseau de paradis.

C'est « l'oiseau gourmandeur de l'Ile Sonnante », commandeur de l'ordre de Malte, chevalier de l'Eglise Romaine. Il joint à la goinfrerie monacale, l'avarice et l'égoïsme du célibataire ; nous le retrouverons deux pages plus loin.

« C'est, dit Rabelais, le plus industrieux faiseur de lardouares et brochettes qui soit en quarante royaulmes. »

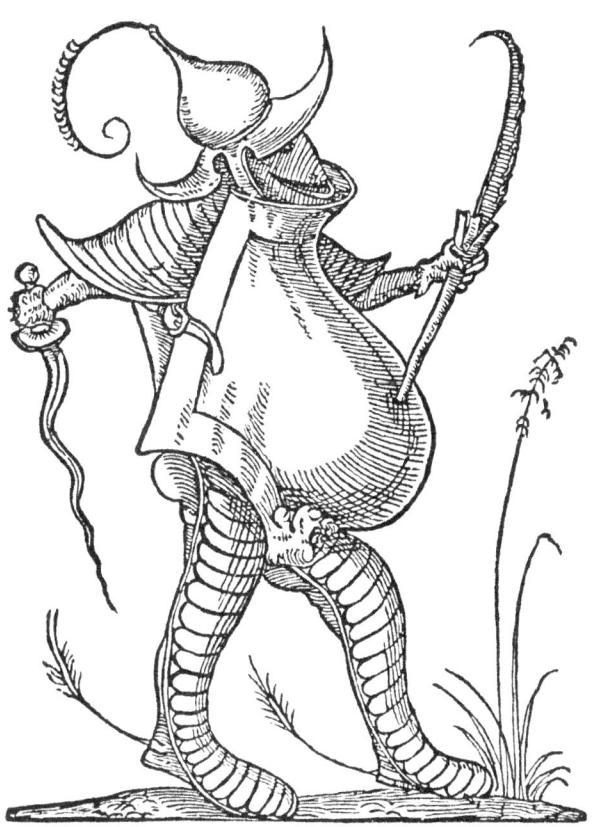

Armé de toutes pièces, omnipotent et ventru. Casque surmonté d'une plume d'oiseau de Paradis. Il joint à la goinfrerie monacale, l'avarice et l'égoïsme du célibataire....

II
OISEAUL GOURMANDEUR
DE L'ISLE SONNANTE
Liv. IV, Chap. XXIX

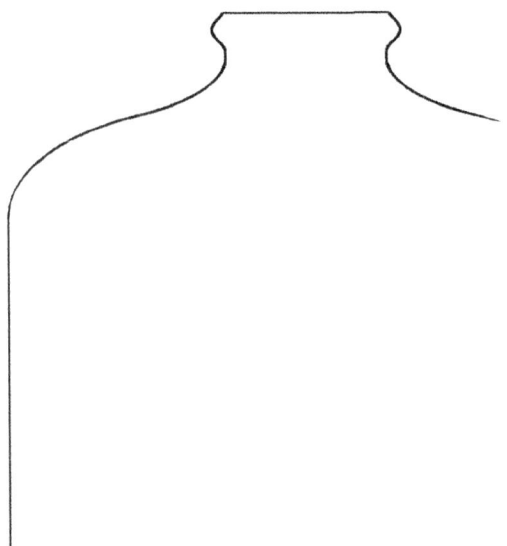

Nous revoyons le pape Jules II dans ce traîneur de sabre, porteur d'arquebuse, coiffé d'un potiron à longue visière, agrémenté d'un plumet épanoui. Son exaltation naturelle et sa galanterie peu mesurée se trouvent indiquées par des avantages naturels, sur lesquels nous n'insisterons pas. Nous ne parlons pas seulement de son nez.

Un manteau, qui vole au gré du vent, embellit cette petite tenue de campagne. Point d'armure ; de larges pantalons à la houzarde, des bottines à courroies, une veste à brandebourgs et des gants fourrés complètent son costume. Il a l'air de placer une mèche sur le témoignage monstrueux de sa virilité. L'arquebuse est surmontée d'une sorte de baïonnette.

« Je les ai vus, dit Panurge, non en aumusse, mais armet en teste porter, et tout l'empire christian étant en paix, eux seuls guerre faire félonne et très-cruelle. »

Traîneur de sabre, porteur d'arcquebuse. Point d'armure cette fois. Exaltation naturelle et galanterie peu mesurée, indiquées par des avantages bien visibles...

III
JULES II
PAPEGAUT DE L'ISLE SONNANTE

Liv. IV, Chap. L

Voici un personnage mystérieux dont il est difficile de définir l'individualité. Il est couvert de la tête à la ceinture d'une armure qui semble faite d'une seule pièce, et qui laisse voir des cuisses et des jambes assez menues, armées de genouillères. Les bras, qui ne sont libres qu'à leurs extrémités, à cause de cette cuirasse en forme d'éteignoir, tiennent en arrêt une longue épée serrée par deux petites mains couvertes de gantelets.

Ce qui donne un certain relief à cette figure, c'est une sorte de targe ou de bonnet phrygien attaché à un petit manteau roide et étroit, orné d'un gland, et joint à une courroie qui se boucle au devant de la taille.

Faut-il voir dans cette bouche de fer cousue une allusion aux oiseaux de proie ; dans l'arme une représentation de l'épée de Malte, et dans l'ensemble du personnage un des oiseaux gourmandeurs de l'Ile Sonnante ? Rabelais les dit muets, métis et gourmands…

« Ces chevaliers ne chantent jamais, dit Aeditue, mais ils repaissent au double. » *(Voyez la figure II)*

Chevalier à la bouche de fer cousue, tenant de ses petites mains une épée en arrêt. Le dos protégé par une sorte de targe ou de bonnet. Ces chevaliers ne chantent jamais...

IV
OISEAUL GOURMANDEUR
DE L'ISLE SONNANTE

Liv. V, Chap. V

Ceci est la première figuration de l'excellent frère Jean, ce « père spirituel » de Panurge. Son costume de moine moinant l'établit suffisamment, ainsi que le cimeterre qui traverse sa robe et prouve son tempérament belliqueux.

Il tient sans doute à la main ce fameux bâton de la croix avec lequel il défendit les vignes de l'abbaye de Sévillé, « et estrippa treize mille six cent vingt et deux paillards ».

Son nez bourgeonnant et poilu, hardiment retroussé, épanoui en forme de trogne, montre quel ivrogne émérite était ce grand homme d'église, à l'oeil émerillonné.

Sa coiffure nous embarrasserait peut-être, si nous n'avions à citer l'opinion des commentateurs, qui y voient une jambe et une cuisse de demoiselle - toujours fraîches, selon frère Jean. Toutefois cela ne s'accorde pas avec l'éperon dont le soulier à la poulaine est orné.

Le trait principal de cette figure fait allusion au passage qui affirme que les moines ont le nez plus long que le commun des mortels.

Costume de moine et tempérament belliqueux. A la main, le bâton avec lequel il étrippa les pillards des vignes de l'abbaye. Nez bourgeonnant et hardi d'ivrogne émérite...

V
FRÈRE JEAN
DES ENTOMMEURES

Liv. I, Chap. XL

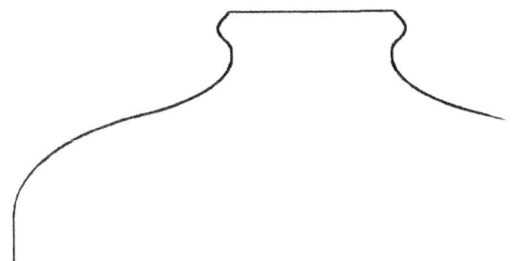

Cet étrange individu, d'apparence à la fois guerrière et monacale, semble être de la famille de Berthe aux longs pieds.

Des éperons retentissants sont attachés à ses sandales. Une cuirasse de vieux fer ou de cuir épais s'attache par trois liens à une sorte de manteau à capuchon, et forme un hausse-col sous son manteau. De cette carapace, qui enveloppe un buste et un ventre copieux, sort une robe à longs plis. C'est évidemment un abbé militaire, le prieur de Thélème, frère Jean des Entommeures, déjà nommé.

Le long bâton qu'il porte paraît être une édition augmentée du bâton de la croix « de coeur de cormier, long comme une lance, rond à plein poing », que nous avons cité à la page précédente ; il est ornementé de dents latérales, d'une pointe de gaffe et d'un gland de tapisserie.

Un effet de gravure, pratiqué peut-être à dessein, semble montrer un oeil à travers le capuchon. Il tient du reste à la main ce joyeux petit bréviaire avec lequel il parvint à assoupir Gargantua « qui ne pouvoit dormir en façon quelconque qu'il semist ».

« Il ne voulait, dit l'auteur, aultres armures que son froc en son estomach et le baston de la croix en son poing. »

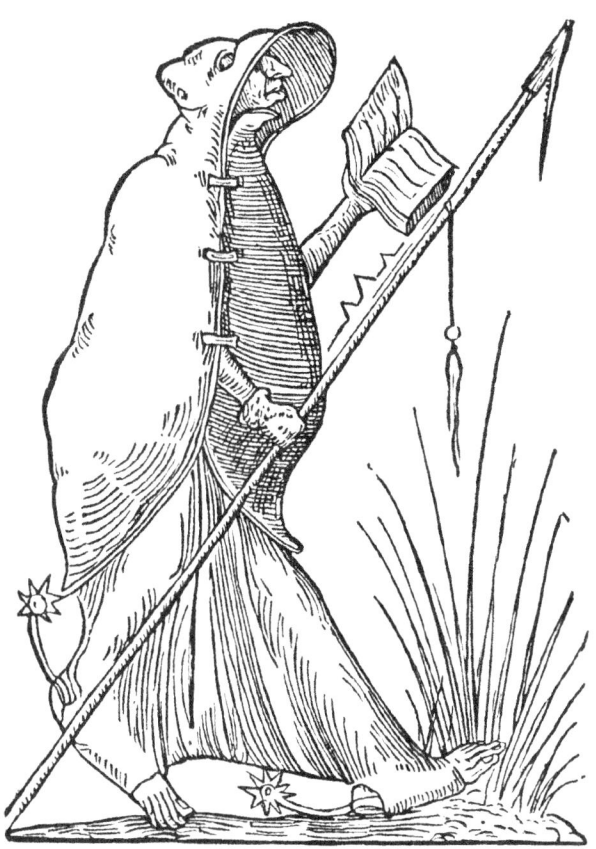

Apparence guerrière et monacale. Armure de vieux fer sur un ventre copieux. Eperons sur des sandales. Bâton tel une lance. Un abbé militaire ; le prieur de Thélème...

VI
FRÈRE JEAN
DES ENTOMMEURES

Liv. I, Chap. XLI

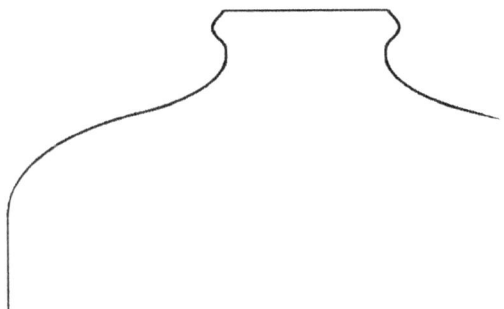

Nous retrouvons le pape Jules II dans sa cloche, comme à la gravure I.

Sa tiare, formée d'une ruche d'abeilles bourdonnantes, symbolise les idées actives et remuantes de ce pontife, et la concentration faite à son profit du miel et des revenus ecclésiastiques.

Une fraise ou collerette dentelée, qui surmonte une espèce de chappe couverte d'ornements, se relève à la hauteur de son bonnet et se termine par un éperon. Cette chappe du chef de l'Ile Sonnante est d'ailleurs agrémentée d'un gland et d'une garniture de boutons, ainsi que d'un petit écusson suspendu, qui semble porter trois besants d'or ; deux et un.

Au-dessous de cette décoration un cordon passé en sautoir soutient un petit couteau dont la lame est en dents de scie, qui rappelle le voeu de continence imposé aux sujets du Papegaut.

Les gros pieds courts du bonhomme sont chaussés de la mule papale, et sa figure lippue, passablement hébétée, semble tirer la langue. On peut voir, dans cette expression de dépit et dans les abeilles, une allusion à la soumission des Génois à Louis XII, qui prit une ruche pour bannière, quand il entra dans Gênes, en 1506.

Toujours dans son armure cloche. Tiare en ruche bourdon-
nante, signe d'idées actives et remuantes. Couteau cranté
rappellant les voeux d'abstinence imposés à ses sujets...

VII
JULES II
PAPEGAUT DE L'ISLE SONNANTE

Liv. I, Chap. II

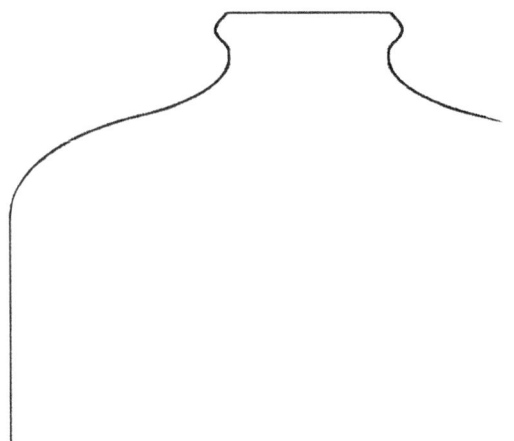

Il est assurément plus convenable et plus poli pour un commentateur de prendre cette figure saugrenue pour Carême-Prenant, qui a bon dos, que pour un chef ecclésiastique. Toutefois la sainteté et l'omnipotence de ses fonctions semblent clairement indiquées par les gestes de ses mains, dont l'une distribue des bénédictions, pendant que l'autre tient des verges pour châtier l'hérésie.

Les gants et le chapeau du personnage, sa robe et ses petits pieds couverts de chaussons, rappellent les vêtements ordinaires des cardinaux.

Son caractère principal est indiqué par une énorme tête d'âne ou d'éléphant, à oreilles et à barbe humaines, qui peut au besoin être regardée comme un masque. La trompe qui termine ce monstrueux visage s'incline vers la terre, où son extrémité court sur une roulette.

Ajoutons que les pieds vont à gauche et le nez à droite. Le type multiple et complexe de Carême-Prenant peut à la rigueur concilier ces bizarreries.

Tête d'éléphant à oreilles et barbe humaines. Vêtements de cardinal. Une main distribue les bénédictions, tandis que l'autre tient des verges pour châtier l'hérésie...

VIII
CARESME-PRENANT
GONFALONIER DES ICTYOPHAGES
Liv. IV, Chap. XXX

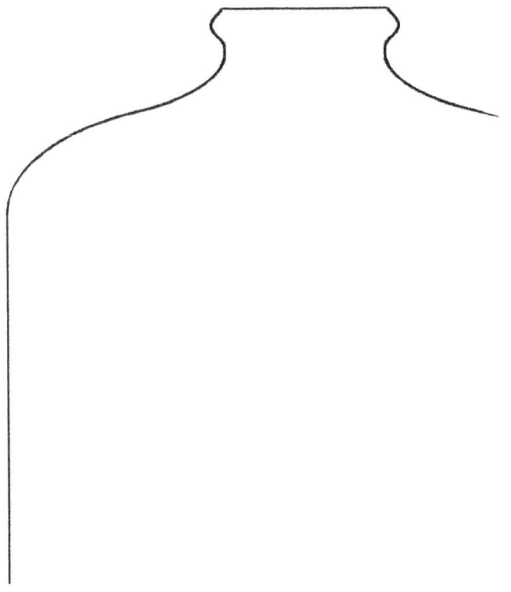

Voici très probablement encore le digne frère Jean des Entommeures, quoique Rabelais semble lui ménager un peu l'embonpoint.

Son allure décidée et gaillarde, le chapeau de cardinal qu'il porte au côté, suspendu au cordon d'ordonnance qui lui passe sur l'épaule, sa robe de moine et son petit manteau affirment son individualité.

La tête, un peu vague, semble être enveloppée dans une cagoule très-serrée qui en dessine les traits. Frère Jean est d'ailleurs en attitude de chasse, le faucon au poing, le poignard à la main. Ses pieds, terminés en serres d'oiseau de proie, indiquent les appétits destructeurs d'un chasseur déterminé.

Le cardinal Jean du Bellay, ami et protecteur de Rabelais, qui a fourni quelques traits du révérend frère Jean, était grand chasseur en effet.

Allure décidée et gaillarde. Chapeau de cardinal au côté.
Tête enveloppée dans une cagoule très-serrée. Pieds en
serres indiquant les appétits d'un chasseur déterminé...

IX
FRÈRE JEAN
DES ENTOMMEURES

Liv. I, Chap. XL

Cet infortuné cuisinier, que la fatalité soumet à la loi du talion, est celui qui tenait Panurge embroché au pays de Turquerie.

Le Bâcha, son maître, dont il a encouru la colère, l'a percé d'une broche à poignée d'épée dont il essaie vainement de se débarrasser. La souffrance lui fait pousser de tels cris qu'il en ouvre la bouche d'une aune, en rejetant son chapeau qui l'offusque et qui laisse voir un bonnet de ménage.

Le pantalon et le poignard du personnage sont plus turcs que le reste ; quant à l'apanage de nature qu'il exibe glorieusement, le passage suivant en explique la situation anormale :

« Le bon feut que le feu que j'avoys jeté au giron de mon paillard rostisseur lui brusla tout le penil et se prenoyt aux couillons... Mais le maistre de la maison, oyant le cri du feu et sentant la fumée de la rue, où il se pourmenoyt avecques quelques autres baschas et massafis, courut tant qu'il pust y donner secours... De pleine arrivée, il tire la broche où j'étoys embrosché et tua tout royde mon roustisseur, dont il mourut là, car il lui passa la broche peu au-dessus du nombril, vers le flanc droit. »

*Percé d'une broche à poignée d'épée, dont il essaie vaine-
ment de se débarrasser. L'infortuné cuisinier, bourreau
de Panurge, que la fatalité soumet à la loi du talion...*

X
LE ROUSTISSEUR

Liv. II, Chap. XIV

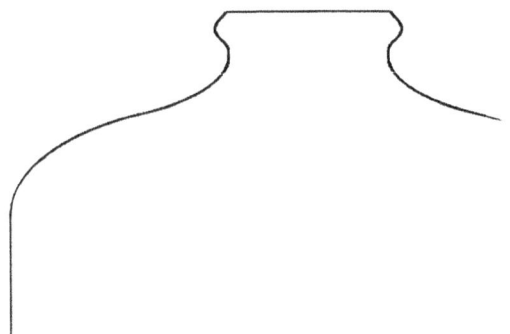

Cette étrange femelle, au masque de chouette, à la robe impudemment retroussée, est l'oiseau de proie rencontré par Pantagruel et ses compagnons dans la caverne des Papegauts, la courtisane vivant des biens ecclésiastiques, à la contenance à la fois discrète, astucieuse et effrontée.

Son bonnet à deux pointes a quelque ressemblance avec celui de la Folie ; son jupon plissé et ornementé affecte une allure de crinoline ; deux glands, assez bizarrement placés, l'enjolivent.

Le buste de la dame est enveloppé dans un large mantelet. On retrouve ce type, sous d'autres formes, aux gravures XXI et XXVIII.

« Panurge restoit en contemplation véhémente de Papegaut et de sa compagnie, quand il apperceut au dessoubs de sa cage une chevesche ; adoncques s'escria, disant :

- Par la vertus de Dieu, nous sommes ici bien pippés à pleines pippes, et mal équippés... Regardez là ceste chevesche ; nous sommes assassinés !

- Parlez bas, de par Dieu, dit Aeditue ; ce n'est mie une chevesche ; il est masle ; c'est un noble chevechier. »

Etrange femelle au masque de chouette, à la robe impudem-
ment retroussée. Une constance à la fois discrète, astucieuse
et effrontée. Elle vit des biens ecclésiastiques...

XI
LA CHEVESCHE
LE MASLE LARRON
Liv. V, Chap. VIII

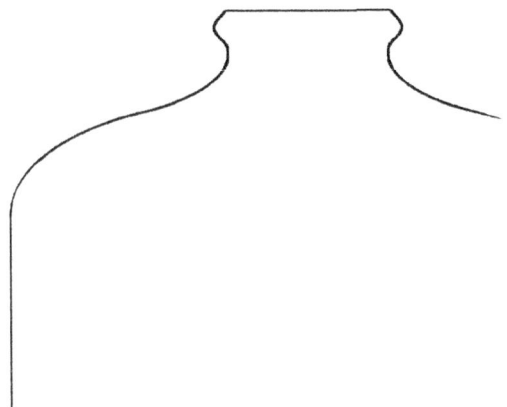

Le maigre personnage à masque hypocrite, qui se cache sous cette cagoule et ces vêtements ecclésiastiques, représenterait le Carême, s'il n'avait pas une signification plus précise.

Il faut y voir le Grand Benius (Sanctus Benedictus), roi de l'Ile des Esclots, sabots ou sandales, prototype des abbés chefs de monastère. « Ils ne vivent que de souppes de merlus », dit Rabelais ; les poissons qui sont dans ses mains montrent en effet quel est l'approvisionnement de sa cuisine.

Ses souliers à la poulaine désignent par leur prolongement excessif la dignité du personnage, et les longs ciseaux qu'il porte devant lui sont l'emblème du vœu de chasteté des religieux qu'il gouverne. Ainsi du petit couteau de Jules II à la gravure VII. Ces ciseaux tiennent la place du rasoir que Rabelais prétend être commun à tous les moines, « lequel ils esmouloyent deux fois par jour et affiloyent trois fois la nuict. »

Quant aux manchettes à festons et à glands qui parent un peu mondainement l'austère personnage, on peut y voir l'indication de goûts antiphysiques.

Maigre personnage à masque hypocrite, se cachant sous des vêtements ecclésiastiques. Longs ciseaux comme symbole des voeux de chasteté des religieux qu'il gouverne...

XII
LE GRAND BÉNIUS
ROY DE L'ISLE DES ESCLOTS

Liv. V, Chap. XXVI

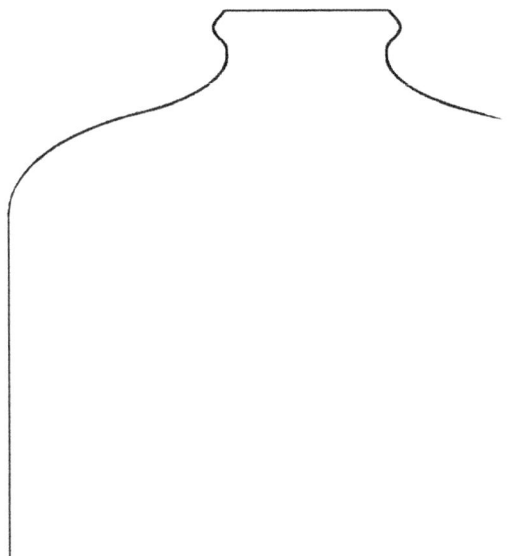

Avant son élévation au Pontificat, le cardinal de la Rovère, du titre de Saint-Pierre-ès-liens, marcha contre les Cimbres et les révoltés de l'Imbrie, d'après les ordres de son oncle, le pape Sixte IV. C'est lui que nous voyons, le glaive à la main, la main dans la poche, vêtu d'une douillette ecclésiastique ornée de franges, marcher d'un pas délibéré contre les ennemis.

Son étrange coiffure emplumée a quelque chose de la mître et du casque ; il porte une façon de chapelet à la ceinture et des souliers à collerette. Sa figure criarde, impérieuse, semble entraîner à sa suite les troupes qu'il commande ; les avantages particuliers qu'il exhibe ne peuvent indiquer que sa jeunesse et sa fermeté de caractère.

La victoire qu'il remporta est chantée dans la première strophe des Fanfreluches antidotées :

« Voici venir le grand vainqueur des Cimbres… »

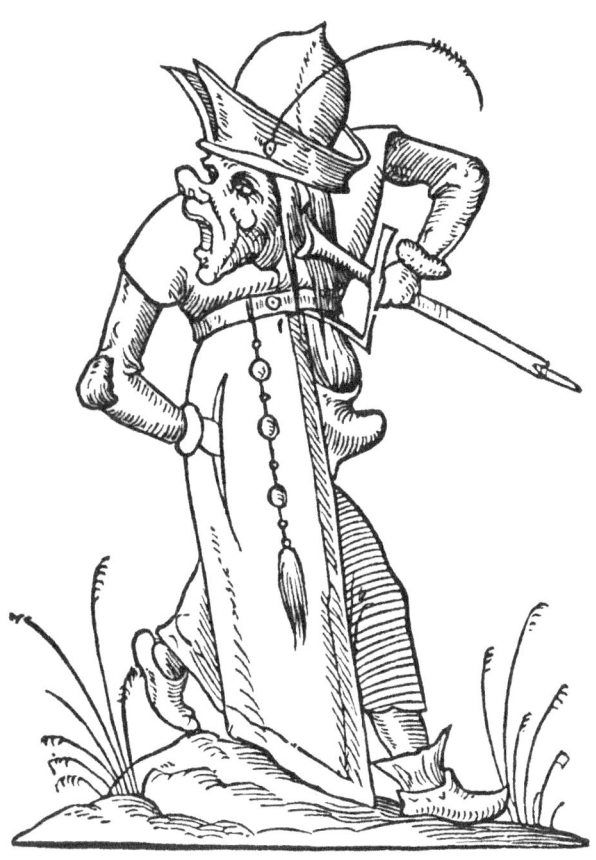

*Personnage criard et impétueux, portant le glaive, vêtu
d'une douillette ecclésiastique, coiffé d'un casque qui tient
de la mître. Futur Jules II, il marche vers l'ennemi...*

XIII
LE CARDIGAUT
DE LA ROVÈRE

Liv. I, Chap. II

Cette figure est assurément la même que celle qui commence la série des Songes drolatiques.

Nous retrouvons la cloche, l'armure et la forteresse dans ce singulier vêtement, surmonté d'un casque en forme de couvercle et de deux étendards, insignes de la double puissance ecclésiastique et militaire. La cloche paraît construite en pierres de taille ; l'ouverture du casque, qui manque de visière, ne permet pas d'apercevoir la figure qu'il couvre.

Un cimeterre à large lame est attaché en bandoulière à cette panoplie, sans qu'on puisse deviner par où passeront les bras qui voudront s'en servir.

Tout au bas, on lit à rebours le mot ORA (Prie) ; puis, après un cercle, un caractère qui semble être le monogramme AN, signature d'Alcofribas Nasier (François Rabelais).

Quant aux oiseaux armés et enfroqués, qui montent la garde autour de ce bastion humain « à pieds largement pattus », ce sont évidemment les hallebardiers de l'Ile Sonnante.

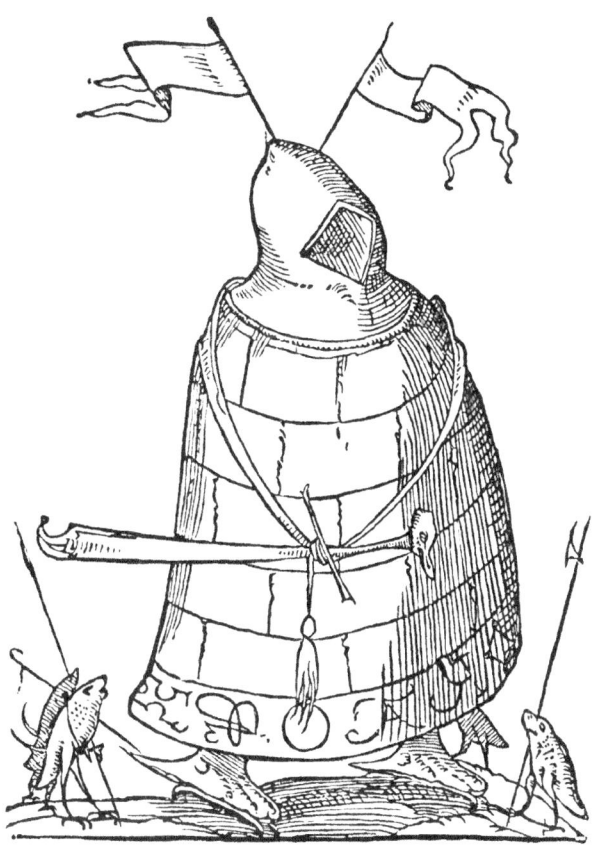

A nouveau la cloche, l'armure et la forteresse. Cimeterre
en bandoulière, sans que l'on sâche par quelle ouverture
les mains le saisiront. Entouré de ses hallebardiers...

XIV
JULES II
PAPEGAUT DE L'ISLE SONNANTE

Liv. IV, Chap. XLI

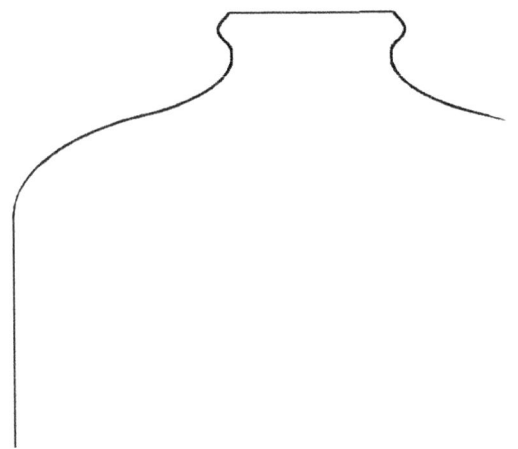

Voici la prêtresse de la dive bouteille, la noble et solennelle Bacbuc, portant le globe au bout de son sceptre, et enveloppée d'une robe boutonnée du haut en bas, qui rappelle l'habit ecclésiastique.

Elle est coiffée d'une sorte d'amict, serré au cou de façon à l'étrangler, et qui se termine par une longue pointe ornée d'un gland qui descend plus bas que la ceinture.

Le petit couteau qu'elle porte en sautoir peut avoir la signification de celui qui orne le costume du pape Jules, à la gravure VII. Peut-être ne lui sert-il qu'à faire la vendange et à couper les « beaux gras et joyeux jambons, les belles, grasses et joyeuses langues fumées » qu'elle offre à Pantagruel et à ses compagnons.

« Allez, dit-elle, amys, en protection de cette sphère intellectuelle, de laquelle en tous lieux est le centre, et n'ha en lieu aucun circonférence - que nous appelons Dieu. »

Combien de gens attribuent à Pascal cette merveilleuse définition de l'univers !

Prêtresse de la dive bouteille, noble et solennelle, enveloppée dans une robe boutonnée de haut en bas. Elle porte le couteau qui lui sert à couper les beaux et joyeux jambons...

XV
BACBUC
LA NOBLE PONTIFE
Liv. V, Chap. XLVII

Ce personnage baroque et excessif est sans doute le roi fantaisiste de l'Ile de Tapinois, Carême-Prenant, que nous avons déjà vu à la gravure VIII. Il paraît courbé sous le faix et ployé en deux ; sa figure résignée est misérable et larmoyante. Une chappe grossière, bordée d'hermine ou de poils, une façon de sac couvre son train de derrière ; il a l'air d'avancer, dans une attitude aussi piteuse que gênée.

Il porte en bandoulière un long couteau à dents de scie, emblème de chasteté. Un oiseau fantastique, peut-être un oiseau de paradis, perché au-dessus de sa tête, suspend devant ses yeux une corde à noeuds, qui peut bien être une discipline.

Des oiseaux grouillent dans ses jambes chaussées de fortes bottines, et ont l'air de le menacer et de le railler. Une énorme grue cherche à l'attaquer par dessous. Ce sont sans doute « de gras chapons » raillant l'abstinence et les macérations du carême.

« Le monde doncques, ensagissant, ne vouldra plus pitoyablement croire au caresme. »

Prologue du Liv. V

*Résigné, larmoyant, paraîssant courber sous le faix, ployé
en deux, il avance dans une attitude piteuse. Les oiseaux qui
grouillent dans ses jambes ont l'air de le railler...*

XVI
QUARESME-PRENANT
ROY DE L'ISLE DE TAPINOYS
Liv. IV, Chap. XXX

Voici une figure complexe qui raille assez bizarrement l'autorité ecclésiastique, et que sa nudité semble désigner pour Carême-Prenant, qui porte, selon Rabelais, « rien devant et rien derrière », si nous en exceptons des apanages naturels passablement étranges et que la pénitence a peu dévastés.

Ce bonhomme, vêtu d'un large pourpoint lacé sur le devant, est coiffé d'un vaste chapeau dont les bords abritent ses épaules comme un manteau court. Le cimier de cette coiffure forme une aiguière dans laquelle trempe une sorte de goupillon. L'anse de ce vase simule une élégante arabesque qui supporte un long rosaire dont l'extrémité panachée touche presque la terre.

Carême-Prenant porte des gants fourrés et tient, au bout d'un long bâton, une mule ornée de trois plumes et d'un talon recourbé, qui ne peut être que la mule du pape. Il la considère en gambadant et semble discourir à ce sujet.

On s'explique assez difficilement les deux bourrelets qui parent ses jambes, car il a évidemment les pieds nus, et leurs doigts en forme de griffes.

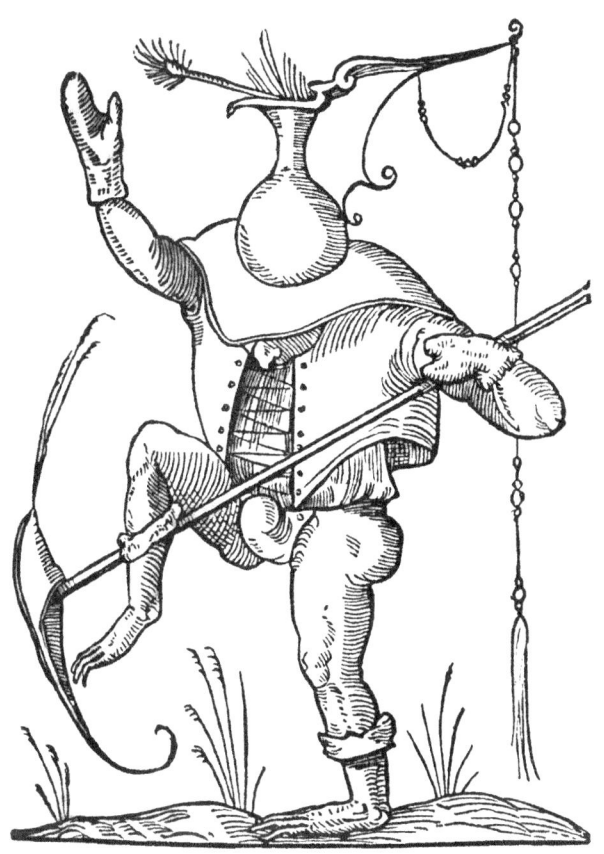

Allant presque nu, à la coiffe en forme d'aiguière dans laquelle trempe une sorte de goupillon, il gambade, discourant au sujet de la mule tenue au bout de son long bâton...

XVII
QUARESME-PRENANT
GONFALONIER DES ICTYOPHAGES
Liv. IV, Chap. XXXI

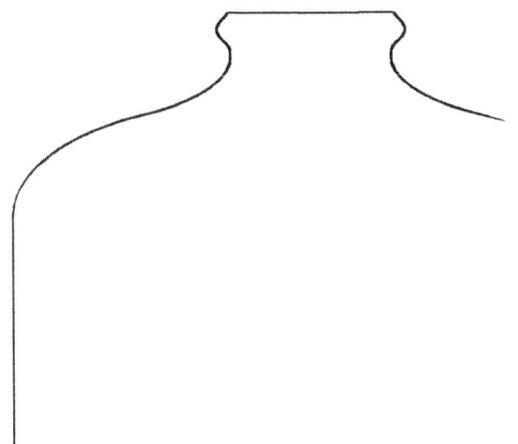

Oiseau, si l'on veut, par son allure, cette figure est assurément celle d'une carpe à moustaches, créature hybride et improbable, d'un aspect belliqueux. Elle a l'air de sortir d'un étang et d'aborder la terre ferme. Son pied levé s'appuie sur un éperon assez bizarrement vissé à la hampe d'un étendard flottant.

C'est, dans tous les cas, un oiseau palmipède, car les doigts de ses pieds sont réunis jusqu'à leurs extrémités par des membranes.

Cet étrange fantoche tient d'une main un flacon, et de l'autre une très-courte épée ; ses maigres cuisses passent au travers du ventre du poisson, dont la queue figure assez bien les basques d'un habit. Il porte au cou un gland attaché par un cordon qui entoure ses épaules, et qui peut être une décoration ou un ordre quelconque.

Un noeud assez compliqué assujettit la peau du poisson à l'endroit où la cuisse la divise. Il y a là une allusion au maigre et aux abstinences, imposées alors par la force.

*Créature hybride belliqueuse, oiseau palmipède ou carpe à
moustaches, armée d'un flacon et d'une très-courte épée,
dont les maigres cuisses traversent le poisson qui la vêt...*

XVIII
OISEAUL GOURMANDEUR
DE L'ISLE SONNANTE

Liv. V, Chap. V

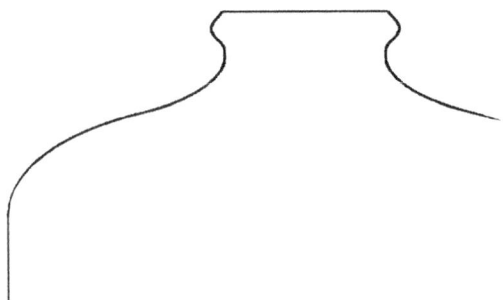

Voici le saint oiseau de l'Ile Sonnante, le noble et mirifique Papegaut, qui ressemble d'ailleurs à ce prince des contes des fées dont le nez servait de perchoir aux volailles.

Son costume est plus militaire qu'ecclésiastique, et son pourpoint, en forme de cloche, boutonné, festonné et fanfreluché, s'adapte à un capuchon qui enveloppe étroitement sa tête, et qui porte plusieurs plumes d'oiseau de paradis, allusion à la triple couronne papale.

En réalité, cette tête n'est qu'un piot, une sorte de bouteille où une fêlure simule l'oeil, et le goulot une bouche en forme de trompe. Il s'en échappe une baguette, ornée d'une passempenterie à glands et à franges, sur laquelle quatre oiseaux à huppes sont perchés. Le plus petit becquète dans le goulot de la bouteille.

Une lame de sabre émerge de la cloche, dont la partie inférieure a l'air d'un panier de siège ; les pieds du personnage, chaussés de poulaines à roulettes, appuyés sur des éminences, se rattachent à des jambes perdues dans de larges pantalons.

Enfin, le Papegaut porte en sautoir un carquois conique d'où sort un foudre noueux. C'est le Jupiter catholique, nourri par « les célestes oiseaux, lesquels journellement l'alimentent d'ambroisie et de nectar divins ».

Un pourpoint en forme de cloche, dont émerge une lame de sabre. La tête cachée derrière une bouteille sur laquelle sont perchés plusieurs oiseaux de paradis...

XIX
JULES II
PAPEGAUT DE L'ISLE SONNANTE

Liv. V, Chap. VI

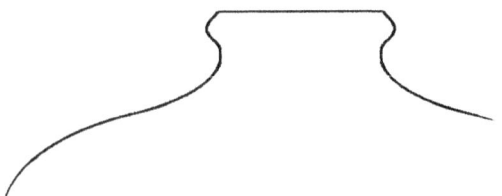

Ce vilain personnage est assurément le pape Jules, qui prête si facilement à la satire.

Sa calotte bordée d'hermine et surmontée d'une aigrette brillante annonce sa haute dignité. Sa face ignoble et bestiale ne répond pas à sa coiffure ; elle est empreinte d'une lourde béatitude ecclésiastique.

Un sac bizarre, semblable à une serviette nouée autour de son cou, rejoint son bas-ventre, et laisse échapper, par une proéminence extraordinaire, un jet de liquide que le personnage semble expulser. Cette source féconde une touffe d'herbe, d'où s'élèvent, sur des tiges de différentes grandeurs, plusieurs chapeaux de cardinal épanouis.

Au-dessus de cette végétation insolite, la main gauche du personnage, couverte d'un gant fourré, brandit une sorte de moulin à vent orné d'une banderolle, dont les branches doivent être les clés de saint Pierre.

La main droite tient une longue baguette. La jambe et la cuisse gauches, à peu près nues, ne portent qu'une simple bottine ; en revanche, la cuisse et la jambe droites sont revêtues d'une chausse à glands et d'un gant monstrueux qui fait ressembler le pied à une main bénissante.

Une écumoire, passée dans cet attirail, nous paraît un simple attribut de goinfrerie. Bayle affirme que ce pape aimait le vin et les femmes.

La face empreinte d'une lourde béatitude , il laisse échapper un jet de liquide qui semble féconder une végétation insolite d'où s'élèvent des chapeaux de cardinal épanouis...

XX
JULES II
PAPEGAUT DE L'ISLE SONNANTE

Liv. I, Chap. II

Il faut voir, dans cet oiseau de paradis à formes élégantes et à figure humaine, la femelle ecclésiastique, la courtisane attachée à la fortune des cardinaux, évêques et riches abbés, une nouvelle personnification de la Chevesche, dont nous avons parlé à propos de la gravure XI.

Les attributs dont elle est entourée disent son rang et sa dignité. Sa toque, en forme de couronne, est armée de superbes aigrettes ; un de ses pieds crochus se cache dans une bottine de dame, tandis que l'autre soulève un encensoir.

On voit à son cou un ornement religieux, agrémenté d'un gland et de la croix pectorale, fourré d'hermine et laissant flotter un cordon de cardinal.

Au lieu d'appliquer cette gravure à la représentation personnelle de la chevesche ou du chevecier dont parle Rabelais, on peut y voir le symbole de Rome elle-même, inséparable du Pape et gouvernante de la chrétienté. Reste à savoir pourquoi le visage de l'oiseau, en tant que féminin, est orné d'une barbe et d'une moustache fines.

« Mais, dit Molière dans Pourceaugnac, j'ai vu des femmes qui en avaient tout autant... »

*Oiseau à formes élégantes, et à figure humaine, courti-
san attaché à la fortune des cardinaux, évèques et riches
abbés. Une nouvelle personnification de la Chevesche...*

XXI
DAME DE COMPAGNIE
DU PAPEGAUT DE L'ISLE SONNANTE

Liv. V, Chap. VIII

Voici un réjouissant compère qui accepte bravement son rôle de marmite. La marmite, c'est sa tête elle-même, portant un triple menton, qui repose immédiatement sur deux pieds solides munis de trois doigts chacun.

Deux bras s'éloignent du rebord de la marmite et viennent appuyer leurs mains sur les joues. A l'un est suspendu un friquet ou écumoire carrée ; l'autre main, exceptionnellement gantée, tient une lardoire garnie.

La cervelle décoiffée de cette tête prodigieuse est couverte d'une toque suisse ou chapeau à crevés, dont le soulèvement laisse voir l'intérieur de la marmite, où plonge une cuiller à pot attachée à une longue ficelle.

On ne peut méconnaître Manduce, roi des gastrolâtres ou gourmands. « C'estoyt, dit Rabelais, une effigie monstrueuse, ayant la tête plus grosse que tout le corps. »

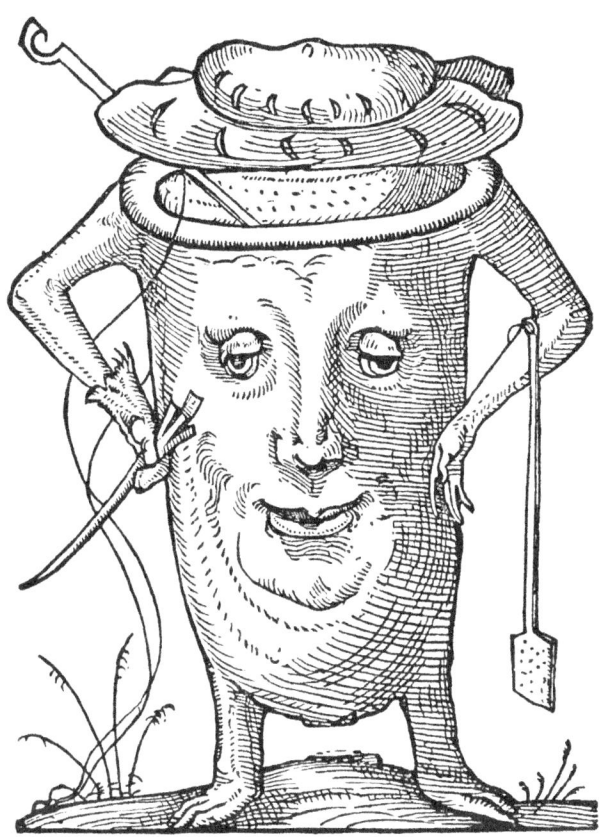

Un réjouissant compère qui accepte bravement son rôle de marmite, portant l'écumoire et la lardoire. Une effigie monstreuse ayant la tête plus grosse que tout le corps...

XXII
MANDUCE
ROY DES GASTROLASTRES
Liv. IV, Chap. LIX

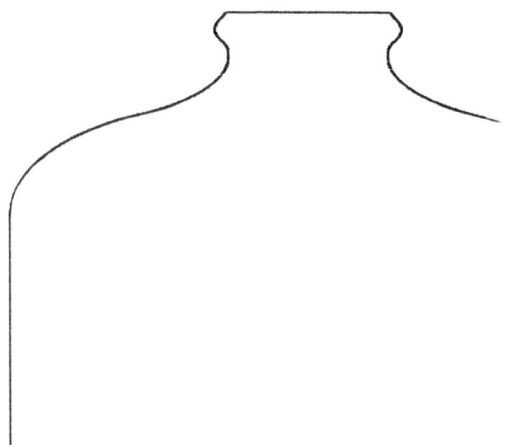

Voici Pantagruel, et d'abondant François Ier, si nous en croyons les commentateurs.

Cette explication n'est peut-être pas entièrement satisfaisante, et s'appuie principalement sur les éperons de chevalier qui ornent les bottes du personnage, sur sa triple aigrette, et surtout sur un bracquemart fantastique, terminé par une tête de bouc, muselée d'un anneau auquel pend un riche cordon. Faut-il y voir une allusion aux moeurs faciles du roi et à sa soumission à la belle Diane, qui le menait, dit-on, « par le nez » ? Cela peut se soutenir et s'admettre.

Les inclinations guerrières du personnage sont indiquées par la hallebarde qu'il tient et l'épée qu'il porte en sautoir.

On s'explique peu la fantaisie qui lui a fait une tête monstrueuse, prenant la place de la poitrine, et surgissant d'une énorme coque d'oeuf brisée qui enveloppe la partie supérieure du personnage.

« C'estoyt, dit Rabelais, le meilleur petit bonhomet qui fut d'icy au bout d'ung baston. »

La hallebarde qu'il tient et l'épée en sautoir indiquent des inclinaisons guerrières. Un fantastique bracquemart orné d'une tête de bouc, allusion à son amour de la vie...

XXIII
PANTAGRUEL
ROY DE DIPSODIE

Liv. II, Chap. XXXI

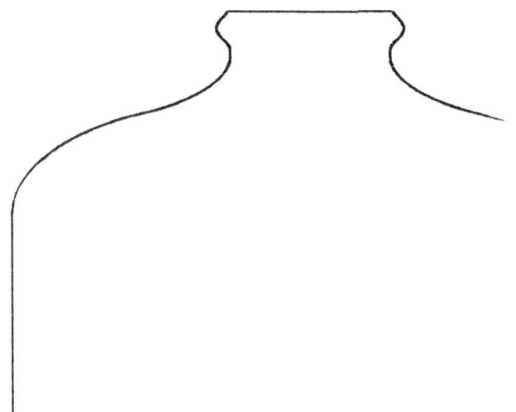

Ce docteur de la Faculté, qui ressemble à Sancho Pança, et qu'on retrouve dans plusieurs gravures de Callot, est l'honnête maître Jobelin, pédagogue du jeune Gargantua.

Il a la bouche ouverte pour pérorer ; il pue le pédantisme et l'enseignement. Toutefois, la plume d'oiseau de paradis qui pare son bonnet fourré montre qu'il est attaché à la cour.

Comme Platon, il sacrifie aux Grâces. Son aumônière s'attache à une ceinture qui serre sa taille au-dessous de son énorme bedaine. Bonnet et robe de docteur ; cordons entrelacés sur la poitrine ; un idiot là-dessous. Ses gros gants ou mouffles, qu'il porte assez étrangement en vedette, semblent se rapporter à ce passage de Rabelais sur les précepteurs :

« Leur savoir n'estoyt que besteries et leur sapience n'estoyt que mouffles… »

Mais faut-il voir, dans l'aumônière, que le précepteur de François Ier devait être en même temps son aumônier ? C'est peut-être aller chercher les choses bien loin.

Bonnet et robe de docteur, aumonière attachée à la ceinture serrée sous son énorme bedaine, la bouche ouverte pour pérorer, il pue le pédantisme et l'enseignement...

XXIV
MAISTRE JOBELIN BRIDÉE
PRÉCEPTEUR DE GARGANTUA

Liv. I, Chap. XIV

Nous croyons que la signification de ce personnage est assez difficile à préciser. On peut y voir, à la rigueur, Pantagruel partant pour combattre « les paillardes andouilles, » coiffé d'un bonnet à panache et à plume, et brandissant de longs ciseaux ouverts.

Il a l'air d'appeler ses légions. Son pourpoint de forme bizarre le fait un peu bossu ; il porte une décoration qui rappelle la Toison d'or.

De la main gauche il serre des verges, et ses deux bras retiennent d'étranges prolongements de cuir ou d'étoffe qui viennent s'attacher à ses bottes à la hauteur du genou.

Ses cuisses paraissent nues ; il arbore des nudités qui montrent qu'il va combattre chevaleresquement les andouilles, et leur donner un avantage égal. Il est fâcheux qu'il ait l'air de ramasser ses chausses.

« Pantagruel, dit Rabelais, rompait les andouilles au genouil. »

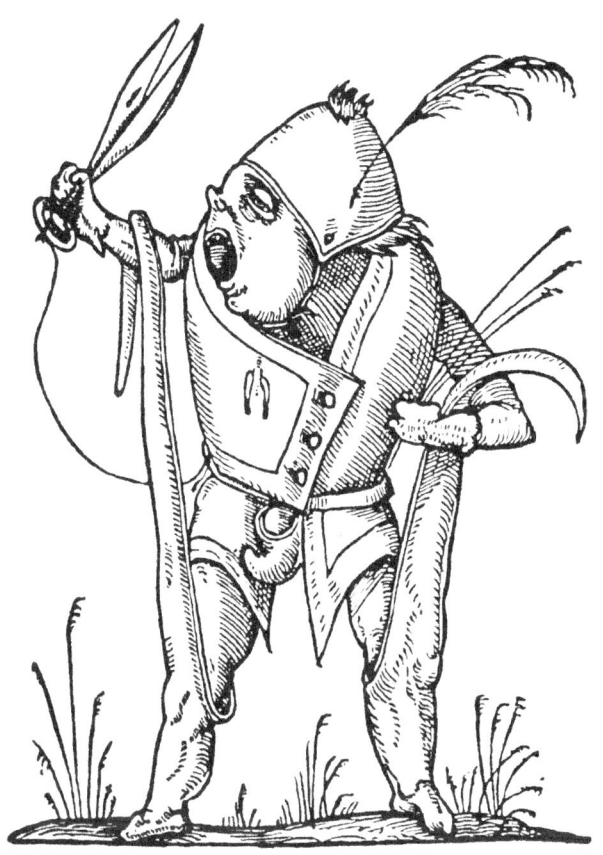

Coiffé d'un bonnet à panache et à plumes, brandissant de longs ciseaux ouverts. Peut-être celui qui appelle ses légions à combattre les Paillardes Andouilles...

XXV
PANTAGRUEL
ROY DE DIPSODIE

Liv. IV, Chap. XLI

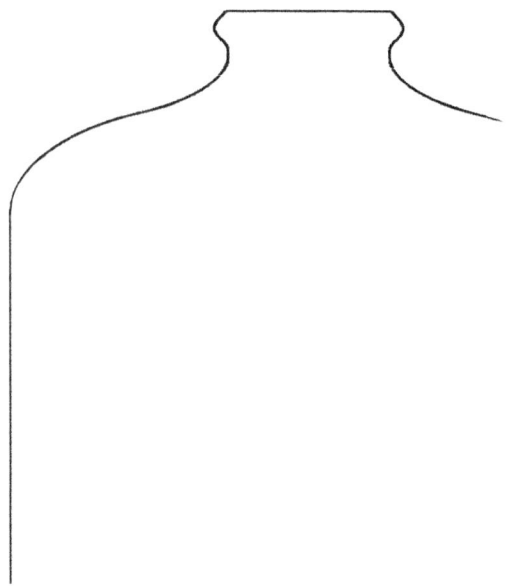

Une figure sinistre, cachée sous une cagoule qui ne laisse apercevoir qu'une bouche bestiale aux lèvres serrées, type d'obstination et de cruauté ; un long vêtement religieux, avec pèlerine et amict ; un rosaire énorme ; une épée à large coquille, qu'une main semble enfoncer au fourreau, tels sont les caractères du personnage en qui s'incarne la très-sainte Inquisition.

Sur son épaule, trois plumes d'oiseau de paradis forment une espèce de panache. Une grosse mouche bourdonne au-devant de la figure, symbole de l'espionnage des familiers.

« Il est commandé par les sacrées décrétales, dit Rabelais, de, à feu et à sang, mettre incontinent empereurs, rois, ducs, etc., dès qu'ils transgresseront un iota de ses mandements, les spolier de leurs biens et les occire. »

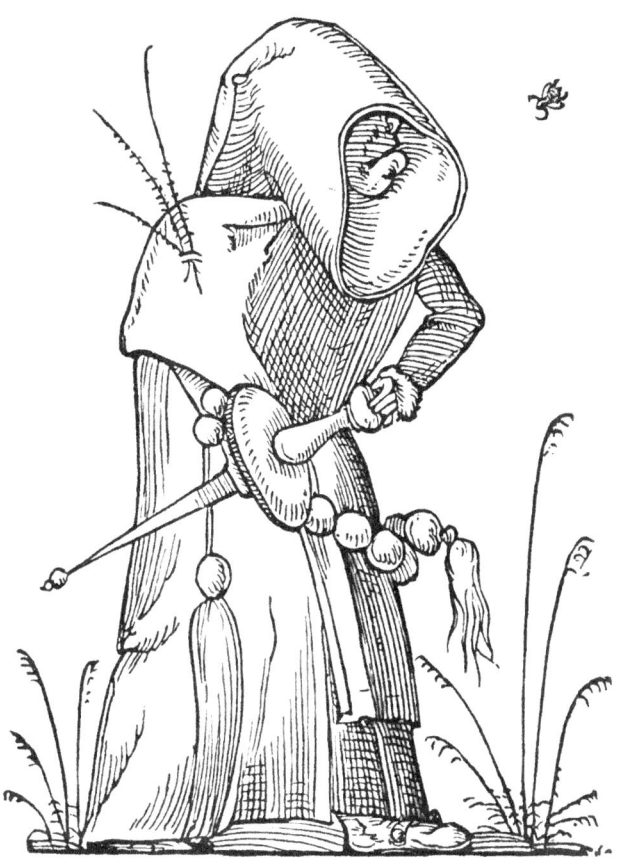

Figure sinistre, sous une cagoule qui ne laisse apercevoir qu'une bouche bestiale aux lèvres serrées, signe d'obstination et de cruauté. Long vêtement religieux, rosaire énorme...

XXVI
INQUISITEUR

Liv. IV, Chap. L

Ceci peut passer pour une interprétation nouvelle du sujet précédent.

Le caractère ecclésiastique de la figure est nettement indiqué par la toque carrée de l'inquisiteur, la chasuble à petits plis et le gros rosaire qui pend à sa ceinture. La douillette qui enveloppe le bonhomme et qui tombe jusque sur ses pieds, chaussés de pantoufles, est ouverte au passage des bras, couverts de manches retroussées et terminés par des gants fourrés.

La tête hypocrite, à fines oreilles, affecte un regard bénévole, démenti par un bec acéré qui réunit le nez et la bouche. Une aumônière bien garnie montre l'état que le bonhomme fait des biens temporels, et s'accouple à un beau petit couteau pointu à égorger les hérétiques.

La pose du personnage est avenante ; il accueille et cherche à séduire. Mais s'il ouvre la bouche, la gamme changera :

« Bruslez, tenaillez, découpez, fricassez ces meschans hérétiques décrétalifuges décrétalicides... »

Tête hypocrite, fines oreilles, affectant un regard bénévole, démenti par un bec acéré qui réunit le nez et la bouche. Pose avenante ; il accueille, mais gare à son beau couteau...

XXVII
INQUISITEUR

Liv. IV, Chap. LIII

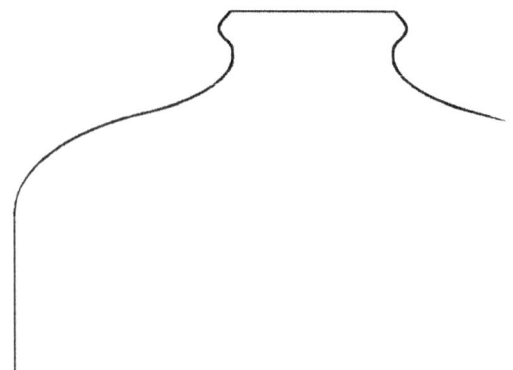

Encore une personnification de l'immonde oiseau qui se nourrit des dépouilles des Papegauts, et que MM. Johanneau et Esmangard appellent assez irrévérencieusement « la dame de compagnie du Pape ».

Sa figure semble couverte d'un masque hideux, représentant une tête de cheval ou de chameau, dont le nez est percé d'une flèche, à la mode sauvage. Une gueule énorme dévore une des mules papales, pendant qu'une main gantée soulève l'autre mule, juchée au bout d'un cordon sacerdotal, brandi pour la circonstance.

Un foulard en marmotte retient les cheveux de la dame, passablement mal peignée. Le costume est d'ailleurs tout ecclésiastique, malgré quelques recherches de coquetterie féminine : une robe et une pèlerine fourrée laissent voir une étole, dans laquelle on a pratiqué une poche qui renferme une quenouille et soutient le bâton d'un fuseau garni, qui caractérise le sexe du personnage.

Un pied chaussé d'une riche pantoufle, l'autre chaussé d'une sandale, montrent que la chevesche vit à deux râteliers.

Immonde oiseau qui se nourrit des dépouilles des Papegauts. Un pied chaussé d'une riche pantoufle, l'autre chaussé d'une sandale : la chevesche vit à deux râteliers...

XXVIII
DAME DE COMPAGNIE
DU PAPEGAUT DE L'ISLE SONNANTE
Liv. V, Chap. VIII

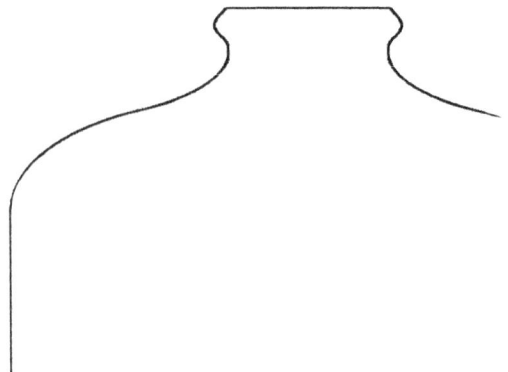

Cette classe d'oiseaux, dont nous voyons apparaître çà et là des types différents, se compose, suivant Rabelais, des commandeurs des ordres ecclésiastiques, à la fois laïques et religieux. « Ce sont, dit-il, des oiseaulx métys. »

En effet, ce bizarre personnage, encresté de huit plumes d'oiseau de paradis élégamment disposées, tient à la fois de l'oiseau et du poisson. Sa tête de carpe ou de chien se prolonge par des abats-joues en façon de nageoires, qui finissent en ailes d'abeilles et rappellent les volants plissés des chasubles.

La croix pastorale qu'il semble désigner, attachée à un riche collier, pare le gourmandeur, et, sous son pourpoint lacé, à travers sa braguette, se moulent des formes viriles, toutes en faveur de la réputation galante des moines.

Il tient, en guise de crosse abbatiale, un bâton surmonté d'une tête de coq à crête panachée et à longue langue effilée.

Une étole tombe devant le personnage et balaie la terre, de façon à abriter quelque peu ses formes trop accusées.

Tenant à la fois de l'oiseau et du poisson, à la tête de chien ; un autre de ces "oiseaulx métys", commandeurs des ordres ecclésiastiques, à la fois laïques et religieux...

XXIX
OISEAUL GOURMANDEUR DE L'ISLE SONNANTE

Liv. V, Chap. V

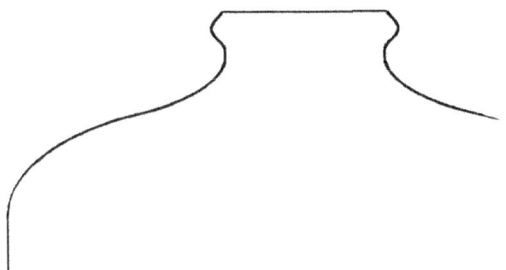

Cette mère Gigogne repoussante est l'Antiphysie, « partie adverse de nature », qui, en haine de l'harmonie et de la beauté, engendra Amodunt et Discordance, « et d'abondant, les magots, cagots, papelards, etc., etc., et autres monstruosités. »

En effet, cette affreuse vieille, dont le nez et le menton font alliance, coiffée d'un voile plissé qui encadre son visage et d'une capeline à pointes, vêtue d'une étole en forme de long tablier et d'une robe épaisse, est plus encombrée d'enfants qu'il ne convient à une mère de famille.

Le poupon préféré auquel elle présente un sein gonflé, est coiffé d'un bonnet de Folie à cornes et à plumes d'oiseau de paradis.

Un second bambin porte un rosaire à l'extrémité de son maillot ; un troisième, issant de la poche de la dame, attrape au-dessous de la ceinture un sein qui s'avance obligeamment jusqu'à lui.

Dans les bords inférieurs de la robe, retroussés et attachés par des agrafes, de façon à former un sac circulaire, grouillent des poupées informes, à panaches, à griffes et à becs de perroquet.

La vieille a l'air, d'ailleurs, d'être affligée d'éléphantiasis, si l'on en juge par ses jambes énormes, serrées dans des guêtres boutonnées.

Repoussante vieille, "partie adverse de nature", dont le nez et le menton font alliance, qui, en haine de l'harmonie et de la beauté, engendra Amodunt et Discorde...

XXX
L'ANTIPHYSIE

Liv. IV, Chap. XXXII

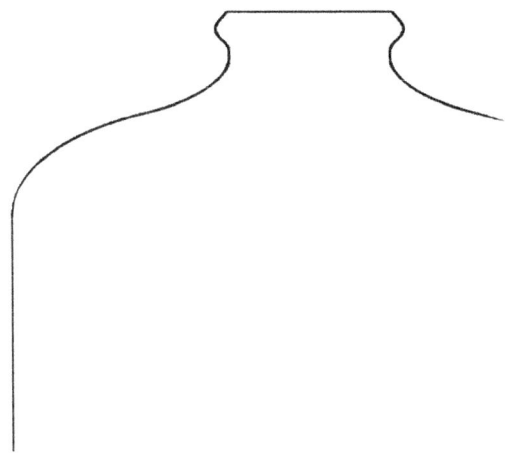

Quelque respect que nous ayons pour nos devanciers, nous ne saurions voir, dans ce glorieux braguard, Physis raillant Antiphysis, placée à la page précédente. Les deux gravures ne nous paraissent avoir aucune relation.

N'est-il pas plus naturel de voir, dans cet aimable railleur, Panurge allant en campagne amoureuse ?

L'air folâtre du personnage, sa toque à plumes de paon, ses manches à gigots, ses souliers à languettes, sont l'accoutrement ordinaire du « bouffon du roi », comme l'appelle Dindenaut. Il y a du Triboulet là-dedans, et nous ne voyons que Panurge, cette spirituelle canaille, ce vantard détrousseur de bourses et de femmes, qui puisse s'accommoder d'une aussi brillante santé.

« Panurge voulut que la braguette de ses chausses fust longue de trois pieds, … ce que fust faict, et la faisoit bien voir… De faict, composa un beau et grand livre avec des figures, *De la commodité des longues braguettes*, mais il n'est encore imprimé, que je sache. »

Glorieux braguard à l'air folâtre, spirituelle canaille, aimable railleur, vantard détrousseur de bourses et de femmes, sur le point de partir en campagne amoureuse...

XXXI
PANURGE

Liv. II, Chap. XV

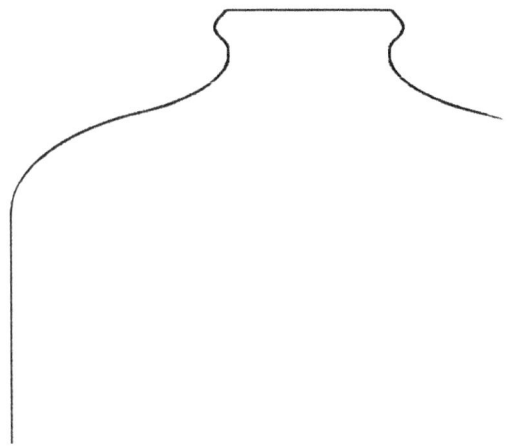

Nouvelle satire sur les abstinences, les ennuis et les incommodités du carême.

Cette cloche arrive directement de l'Ile Sonnante, pour annoncer aux fidèles les jeûnes, les vigiles, et les prédications interminables que figure assez bien une langue de six pieds.

La figure à maigres bras, juchée sur la cloche et qui la couvre à moitié de son pourpoint, est coiffée d'un bonnet de bouffon à deux, cornes, qui tombe devant et derrière en deux longues pointes triangulaires. Le visage criard du personnage passe au travers du bonnet comme par une fenêtre.

Carême-prenant, pour réconforter ses adeptes, tient au bout d'une fourche une baguette, où sont suspendus un hareng et quelques légumes racornis, qui pourraient n'être que de simples ornements. L'un d'eux a une vague forme de clé. On peut y voir également les signes du Zodiaque, correspondant aux mois de février et de mars, dans lesquels le carême se trouve forcément placé.

Cloche arrivant directement de l'Isle Sonnante, pour annoncer aux fidèles les jeûnes, les vigiles, et les prédications interminables que figure une langue longue de six pieds...

XXXII
QUARESME-PRENANT
ENVOYÉE DE L'ISLE SONNANTE
Liv. V, Prologue

« Quaresme- Prenant, dit Rabelais, avait les reins comme un pot beurrier. » Il nous faut cette autorité pour appliquer un nom à cette étrange figure.

Un immense pot de beurre, en effet, couvert et ficelé, pourvu d'une anse, et dont un grand couteau crève la clôture, paraît contenir un personnage grotesque : sa figure en casse-noisette passe par une ouverture pratiquée à la paroi du vase ; ses bras, qui ont l'air d'être attachés aux tempes, secouent une torche enflammée, que nous prendrons pour l'image du feu que les aliments maigres allument dans le corps.

Les cuisses du personnage sortent également du pot, et il a l'air de courir à perdre haleine. Va-t-il brûler les hérétiques ? Une draperie assez étrange est suspendue au flanc du vase et tombe sur la jambe postérieure.

Le couteau dont nous avons parlé porte un caractère qu'on peut prendre pour un A (Alcofribas), ou pour un R (Rabelais).

Étrange figure aux "reins comme un pot beurrier", le visage en casse-noisettes. Ses bras, attachés aux tempes, portent une torche et il semble courir à en perdre haleine...

XXXIII
QUARESME-PRENANT
ROY DE L'ISLE DE TAPINOYS

Liv. IV, Chap. XXXI

« Pantagruel nous assure avoir veu... un gros bataillon d'aultres puissantes et gigantales andouilles, le long d'une petite colline, furieusement en bataille, marchantes vers nous au son des vezes et piboles, des gogues et des vessies, des joyeulx pifres et tabours, des trompettes et clairons. »

La cuillère à pot dont ce musicien se sert pour frapper son tambourin, ne permet pas de l'enrôler autre part que dans l'armée des Andouilles. Il tient également un fifre et paraît jouer des deux instruments à la fois. On ne s'explique sa mine refrognée que par le peu de satisfaction qu'il a sans doute d'aller en guerre.

Son bonnet magistral est ceint d'une sorte de couronne ; il porte au cou un ordre ou une décoration qui passe au-dessous de sa ceinture. La douillette fourrée qui l'enveloppe, ornée d'une poche de cuisinier, est lacée sur le devant.

Les commentateurs lient la position de cette figure à celle de la suivante.

La cuillère à pot dont cet homme renfrogné se sert pour frapper son tambourin, ne lui permet pas d'être enrôlé dans une autre armée que celle des Andouilles...

XXXIV
MUSICIEN
DE L'ARMÉE ANDOUILLIQUE
Liv. IV, Chap. XXXVI

Cette matrone fièrement campée, les poings sur les hanches, les yeux inquiets, la lèvre soupçonneuse, est l'auguste Niphleseth, reine des Andouilles

Sa coiffure à l'italienne finit par un chignon qui se prolonge en une andouille gigantesque, dont la reine tient l'extrémité. La robe de cour à queue, à corsage lacé, à double jupe, à cordelière passementée, est conforme aux modes du temps. On ne peut dire précisément que Niphleseth manque de majesté, quoiqu'elle soit posée en harengère. Peut-être est-elle représentée au début de la bataille qu'elle livre à Pantagruel, en se tenant « près les enseignes, dedans son coche ».

Après la défaite de son armée, elle demanda pardon au vainqueur, et lui souscrivit une rente de « soixante-dix et huict mille andouilles royales, moyennant quoi elle fut honorablement traitée, mariée en bon et riche lieu, et fist plusieurs beaulx enfants, dont loué soit Dieu ».

Auguste matronne fièrement campée, les poings sur les hanches, les yeux inquiets, la lèvre soupçonneuse, dont le chignon se prolonge en une gigantesque andouille...

XXXV
NIPHLESETH, ROYNE
DES ANDOUILLES

Liv. IV, Chap. XLII

Nous préférons voir dans cette figure une allégorie religieuse, qu'une nouvelle représentation de la reine des Andouilles.

Cette femelle repoussante aux yeux creux, au nez enfoncé, à la gueule immense, est coiffée d'un fagot d'épines, sur lequel niche un oiseau fantastique à long bec, à crête d'oiseau de paradis. Elle tient dans sa main une lardoire garnie, sur laquelle elle cherche à attirer l'attention. Sa robe paraît fort riche et ornementée de fanfreluches, découpures, ganses, galons, glands, olives et passementeries. Un collier superbe entoure son cou.

« La Pragmatique Sanction, dit Rabelais, avec son large tissu de satin pers et ses patenostres de jayet... »

Le costume est assez bien décrit. Mais l'oiseau qui couve sur sa tête hérissée est-il censé faire éclore les austérités et les abstinences qu'elle prescrit ? La lardoire est-elle un épouvantail dans sa main ?

Femelle repoussante aux yeux creux, au nez enfoncé, à la gueule immense, coiffée du nid d'épines d'un oiseau à long bec, elle attire l'attention sur la lardoire qu'elle tient...

XXXVI
LA PRAGMATIQUE
SANCTION

Liv. III, Chap. XXXIX

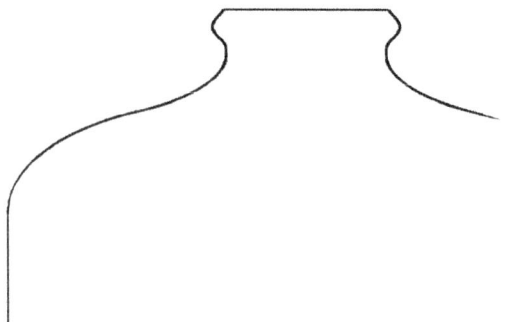

Faut-il voir dans cette figure le plus grand cocu de son siècle ? Nous nous y accorderons volontiers.

Le haut bonnet qui couvre cette face édentée, à profil stupide et à cheveux plats, est pourvu d'un panache qui annonce sa dignité conjugale. Fortement bossu, les mains passées dans la ceinture qui serre son pourpoint et son tablier, Louis de Brézé fait une lourde agacerie à un oiseau merveilleux perché sur son bras.

Cet oiseau de paradis, à aigrette et à longue queue, aux formes sveltes et élégantes, est naturellement la belle Diane de Poitiers, que cet époux complaisant céda à François Ier et à Henri II d'une façon si bénévole. Ses bottes sont d'ailleurs armées des éperons de chevalerie ; la royauté lui devait bien cela. Quant au cinq de carreau qu'il porte en visière, on peut y voir, comme dans son tablier, un symbole de domesticité. Louis de Brézé, comte de Maulevrier, grand veneur de France, était en effet, chambellan ; on le surnommait le Boiteux. Il semble, en effet, que la figure traîne un peu la jambe.

« En peu de temps, dit Rabelais, fut le plus riche homme du païs, voire plus que Maulevrier le boiteux. »

Pauvre face édentée à profil stupide et à cheveux plats,
dont le panache du haut bonnet qui le coiffe annonce sa
dignité conjugale. Le plus grand cocu de son siècle...

XXXVII
LOUIS DE BRÉZÉ
DIT LE BOITEUX

Liv. IV, Prologue

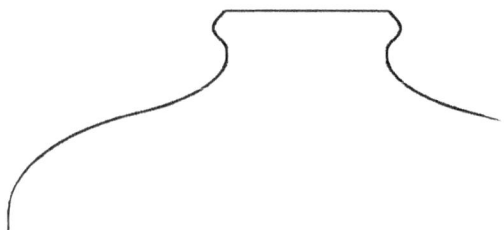

Ceci est la seconde représentation du mari précédent, armé en guerre ou plutôt en chasse.

C'est à la charge de grand veneur du sieur de Brézé qu'on a emprunté les traits principaux de cette nouvelle figure.

Une tête de cheval au regard faux, qui ressemble aussi à un museau de crocodile, serre entre ses dents une flèche émoussée et empennée. Elle est coiffée d'un bonnet fourré fort long, tombant en arrière et finissant en cornes.

Ce fantoche tient une arbalète à ressort, qu'il vient de bander et qui est armée d'une seconde flèche émoussée. Est-ce un symbole de maladresse, ou les coups du sieur de Brézé portaient-ils si peu ?

La figure paraît couverte et protégée par une sorte de grande cuirasse triangulaire à boutons et à pointes, dans laquelle nous ne saurions voir une culotte, malgré l'opinion des commentateurs.

« La flèche qui traverse la bouche, disent-ils, annonce que sa femme, la belle Diane de Poitiers, lui passait la plume par le bec, et qu'il n'en était pas blessé. » Cela est trop spirituel.

Mais il faut constater une diversité de chaussures et d'éperons dans les deux jambes, dont l'une est montée sur un haut talon, qui rappelle le surnom de « Maulevrier le boiteux », donné au sieur de Brézé.

Tout à sa charge de Grand Veneur, une tête de crocodile
au regard faux qui serre entre ses dents une flèche aussi
émoussée que ses coups ; à nouveau le cocu...

XXXVIII
LOUIS DE BRÉZÉ
DIT LE BOITEUX

Liv. IV, Prologue

Au milieu d'un étang ou d'une rivière poissonneuse, s'élève un perchoir sur lequel se tient en équilibre un singe maigre, chaussé de bottines et montrant son dos. Sa longue queue, semblable à une branche émondée, se prolonge jusques dans l'eau où elle frétille.

L'animal porte des gants fourrés ; il vient de pécher une carpe, au moyen d'une ligne rustique amorcée d'une plume. Sa main gauche tient une écuelle remplie de sous marqués. Ce bizarre personnage est coiffé d'une calotte bordée d'hermine, sur laquelle flotte un pavillon déchiré, où le signe zodiacal du mois de mars est représenté. Une pèlerine couvre ses épaules et se termine par deux mains étendues, appliquées sur les omoplates.

Tout cela est étriqué, mystérieux, inquiétant. Carême-Prenant récolte des aumônes, qu'il regarde d'un oeil émerillonné, et donne en échange aux fidèles des carpes maigres.

« Il peschoit en l'aèr, dit Rabelais, et y prenoit des écrevisses décumanes. »

Le chiffre de l'étendard prouve d'ailleurs que le carême arrive en mars, ou mars en carême.

Perché près d'une rivière poissonneuse, ce singe récolte
des aumônes qu'il regarde d'un oeil émerillonné, et
donne en échange aux fidèles des carpes maigres...

XXXIX
QUARESME-PRENANT
ROY DE L'ISLE DE TAPINOYS

Liv. IV, Chap. XXXII

On s'étonnerait de voir tant de personnifications satiriques du carême, si l'on ne se rendait compte de la tyrannie que faisaient peser sur les gens, au XVIe siècle, les commandements de l'Église. Il ne s'agissait pas de prescriptions religieuses qu'on pouvait violer, mais de lois civiles appuyées de peines sévères qui frappaient les délinquants. La religion avait appelé à son aide le pouvoir séculier. Aussi se sauvait-on par le pamphlet et la caricature.

Carême-Prenant, la face couverte d'un masque hypocrite, coiffé d'un béret à plume qui rappelle le nom de « Gonfalonier des Ictyophages » que lui donne Rabelais, tire une langue desséchée par un jeûne échauffant. Chaussé d'éperons qui indiquent son importance, il tient une corde qui peut passer pour une discipline offerte aux fidèles. Les commentateurs y voient la corde d'une cloche à sonner les offices.

Des ciseaux passés à sa ceinture et l'état modeste de sa virilité sont un indice de la chasteté naturelle ou forcée, imposée par le temps auquel il préside.

La face couverte d'un masque hypocrite, tirant une langue
desséchée par un jeûne échauffant, porteur des ciseaux
symbole de chasteté, il affiche une modeste virilité...

XL
QUARESME-PRENANT
GONFALONIER DES ICTYOPHAGES

Liv. IV, Chap. XXIX

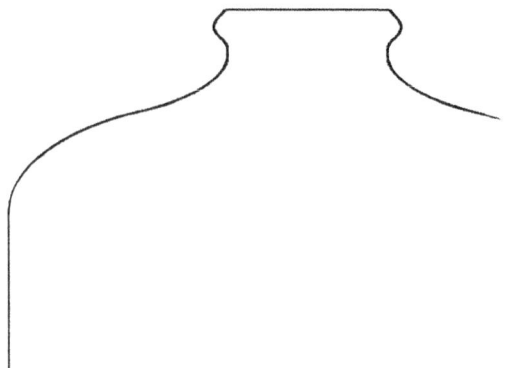

Que l'excellent frère Jean rappelle le cardinal Jean du Bellay, ami et protecteur de Rabelais, par ses allures joviales, la rondeur et la franchise de son caractère, cela n'a rien d'invraisemblable.

On peut voir, dans ce moine splendide, une charge avantageuse de ce prince de l'Église. Le voici, largement étalé sur un siège rustique, dans une posture qui rappelle vaguement Hercule aux pieds d'Omphale. Le moine baille aux corneilles et semble tirer des fils d'une quenouille garnie, dans laquelle est planté un couteau, attaché à une ficelle ornementée. Son bonnet à pointe retroussée porte une queue qui tombe jusqu'à terre. A sa ceinture est attachée une gibecière qui paraît contenir les outils utiles à son travail....

Le cardinal du Bellay, baron de Saint-Maur-les-Fossés, était abbé du couvent des Bénédictins de Saint-Vincent du Mans, grand chasseur à l'occasion, et fort habile à faire du filet, ce qui nous ramène à notre gravure.

« En dépeschant nos matines ensemble, dit-il dans Rabelais, je fays des chordes d'arbaleste et des retz à prendre les connins. »

Personnage à l'allure franche et joviale, largement installé sur un siège rustique, il baille aux corneilles, en tirant les fils d'une quenouille garnie dans laquelle est planté un couteau...

XLI
FRÈRE JEAN
DES ENTOMMEURES

Liv. I, Chap. XL

Voici le portrait du ventre, ce dieu rond qu'adorent les gastrolâtres et les engastrimytes, et que Rabelais dépeint avec tant de complaisance.

Le ventre s'use et vit de lui-même. Il se personnifie dans ce tonneau qui se perce le flanc avec une espèce de scie et répand des flots de vin.

La main inoccupée de ce hideux personnage brandit un couteau de cuisine. Sa tête affreuse, plus large que haute, s'élève au-dessus du tonneau, et montre des yeux ronds, un vestige de nez et une bouche immense, prodigieuse, engloutissante. Le monstre a l'air d'avaler. Il a l'oreille rouge et le teint fleuri, comme Tartufe.

En guise de coiffure, il porte un entonnoir ou un vaste couvercle à cheminée, qui paraît fermer le tonneau, quand il baisse la tête.

Une magnifique plume d'autruche, qui peut-être n'est qu'un nuage de fumée, s'échappe de l'ouverture de l'entonnoir et proclame la puissance du personnage. Ses pieds figurent des serres d'oiseau de proie.

C'est le « Dieu ventripotent, premier maître-ès-arts de ce monde. »

Tête affreuse, plus large que haute, yeux ronds, un vestige de nez, une bouche immense, prodigieuse, engloutissante. L'oreille rouge et le teint fleuri, il vit de lui-même...

XLII
MESSER GASTER
DIEU DES GASTROLASTRES

Liv. IV, Chap. LVIII

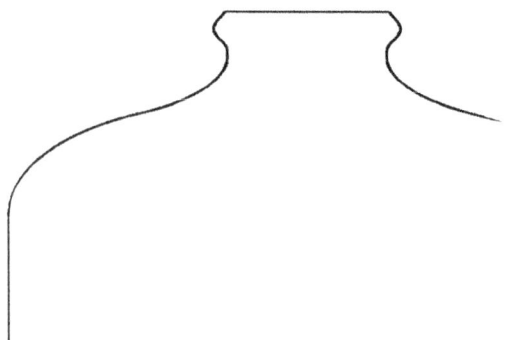

Ce soldat de fantaisie, qui tourne le dos au public et « s'en va-t-en guerre » en assez triste équipage, est assurément un mauvais soldat. Ses genoux sont cagneux ; le jupon qui lui laisse la moitié des cuisses nues rappelle l'uniforme écossais. Une hallebarde, une épée, une sorte de pourpoint sont les parties les plus sérieuses de son équipement.

Il a l'air de regarder au ciel, ce qui relève singulièrement une longue barbe à double pointe, dans laquelle les commentateurs veulent voir les ailes de Mercure. Nous ne nions pas les ailes, si elles sont attachées au menton, car le profil du nez et des moustaches, parfaitement visible, ne permet pas de leur assigner une autre place.

Un gros et long bonnet, tombant en forme de besace, paraît rempli de provisions. Ce serait l'indice du penchant au vol de cette milice, créée par Charles VII, et supprimée par Louis XI, comme lâche, pillarde et inutile. L'oiseau de paradis indiquerait l'hypocrite dévotion de ces archers.

« Ben Joan, dit Rabelais, capitaine des francs taupins, tira dans sa frayeur ses heures de sa braguette, et cria assez haut : Agios ho theos ! »

De dos, le visage orné d'une barbe à double pointe levée vers le ciel, ce mauvais soldat aux genoux cagneux s'en va en guerre, son long et gros bonnet empli de provisions volées...

XLIII
FRANC-TAUPIN
ARCHER DE CHARLES VII

Liv. I, Chap. XXXV

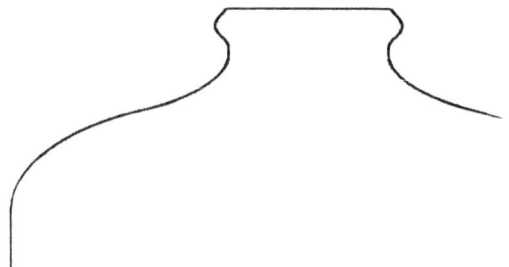

Il y a, dans cette étrange gravure, quelque chose qui ne se comprend pas au premier abord.

La vaste marmite où fument « de copieuses tripes » fait évidemment partie intégrante du personnage qu'on a voulu représenter, car elle est enveloppée du manteau qui le couvre et dont elle remplit toute la capacité.

La tête, d'ailleurs, émerge directement du contenu de la marmite, tandis qu'une jambe est accolée à son flanc. Il y a certainement parti pris de confondre le goinfre avec le vase.

La tête du mangeur, couverte d'un pan de manteau, rappelle celle de Gaster ; c'est un engloutisseur qui brandit une cuillère d'une main, et de l'autre s'attache au bord du plat qu'il convoite. L'écumoire paraît être un simple ornement.

« Les tripes furent copieuses, comme entendez, et tant friandes estoyent que chascun en leschoit ses doigts. Mais la grand'diablerie à quatre personnages estoit bien en ce que possible n'estoit longuement les réserver, car elles fussent pourries, ce que sembloit indécent. D'ond fut conclus qu'ils les bauffreroient sans rien y perdre... Le bonhomme Grangousier y prenoit plaisir bien grand et commandoit que tout allast par escuelles. »

Un engloutisseur qui se confond avec la marmite dans laquelle fument des tripes. D'une main il brandit une cuillère, de l'autre il s'attache au bord du plat qu'il convoite...

XLIV
GRANDGOUSIER
PÈRE DE GARGANTUA

Liv. I, Chap. IV

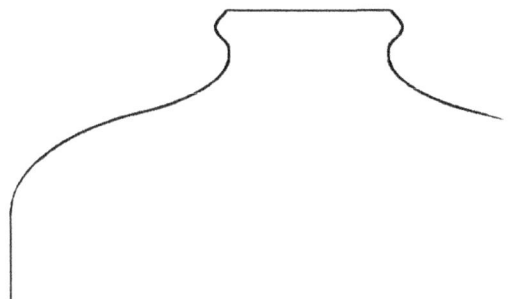

Nous avouons humblement que, sans l'avis des commentateurs, nous serions fort embarrassés de classer cette étrange petite figure. Ils y voient *évidemment* un des jeunes lutins auxquels l'île des Papefigues avait été abandonnée, en punition de son irrévérence envers le pape.

Il faut bien se contenter de cette explication, quand on n'en a pas d'autre. Mais on peut voir aussi dans ce personnage un des acteurs montrant la diablerie dans les carrefours, dont il est question dans l'histoire de Tappecoue *(Liv IV, Chap XIII)*, ou quelque autre type secondaire du Pantagruel....

Un corps d'ours, reposant sur deux grosses pattes griffues ; un capuchon-manteau descendant jusqu'à la taille devant et derrière, dessinant la tête et dégageant deux maigres bras qui tiennent une longue trompette ; un ornement singulier - une plume ? - se recourbant à l'extrémité de l'instrument ; un rosaire en bandoulière.... Est-ce bien un diable ?

« Un jour, dit Rabelais, ung petit dyable avoit de Lucifer impétré venir en ceste isle des Papefigues, soy récréer et esbattre, en laquelle les dyables avoient familiarité avecque les hommes et femmes et souvent y alloyent passer le temps. »

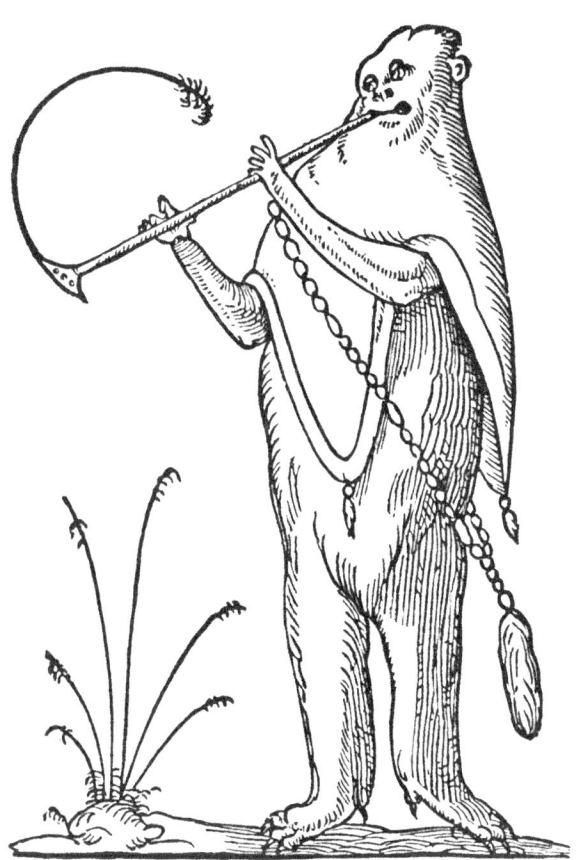

"Un petit dyable avoit de Lucifer impétré venir en ceste isle soy récréer et esbattre, en laquelle les dyables avoient famil-iarité avecque les hommes et femmes et souvent y alloient..."

XLV
LE DIABLETEAU
DE L'ISLE DES PAPEFIGUES

Liv. IV, Chap. XLV

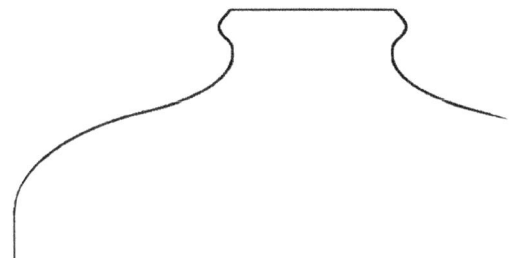

On s'explique assez difficilement comment l'artiste a donné des échasses à un géant, si du moins il a voulu représenter Pantagruel.

Les commentateurs s'appuient sur deux passages de Rabelais, qui semblent vouloir réduire la taille de son héros. « C'estoyt, dit-il, le meilleur petit bonhomet qui fust d'icy au bout d'ung baston. » Et plus loin : « Je vous ai desjà dict que c'estoyt le meilleur petit et grand bonhomet qu'oncques ceignit l'espée. » Pour nous, ce sont des antiphrases, car si l'on peut reprocher quelque chose à maître François, c'est d'avoir, dans un jour d'hyperbole, exagéré la taille de son héros et placé des villes fortifiées dans ses dents creuses.

Toutefois, sans bien comprendre pourquoi ce petit personnage est monté sur de hautes échasses à roulettes, nous ne ferons pas difficulté d'y reconnaître Pantagruel ou François 1er, dont le profil est assez ressemblant, malgré la trompe d'éléphant qui remplace le nez du roi - ou peut-être à cause de cela.

Son bonnet de coton a pour soubassement une couronne ; il porte au cou une immense fraise, et menace avec un bâton qui se termine en trident. Ajoutez un air farouche, des gants de mousquetaire et de longues oreilles ; c'est plus qu'il n'en faut pour affirmer une Majesté.

"Je vous ai desjà dict que c'estoyt le meilleur petit et grand bonhomet qu'oncques ceignit l'espée." Un air farouche, de longues oreilles, et un long bâton affirment sa majesté...

XLVI
PANTAGRUEL
ROY DE DIPSODIE

Liv. III, Chap. II

Panurge, dit l'édition de 1825, et nous ne voulons pas la contredire. Mais ce personnage allégorique est tout au plus une allusion à l'excellente histoire de « Panurge gagnant les pardons ».

Il semble offrir d'une main aux gens un goupillon semant les indulgences, et de l'autre il empoche les grands blancs qu'il détourne du plat du quêteur, ou qu'il dérobe à la piété des fidèles. Il y a par conséquent dans la gravure un sens détourné, car Panurge vole l'Eglise, tandis que la figure représentée semble voler pour l'Eglise.

Dirons-nous, avec les commentateurs, que Panurge personnifie le cardinal de Lorraine, grand inquisiteur en France sous Henri II ? Panurge, selon nous, est une création plutôt qu'une caricature. Le couteau qu'il porte en sautoir peut être une allusion aux cruautés de l'inquisition ; sa tête, transformée en bénitier et ornée de longues oreilles, peut être une satire de la sainte bêtise du temps.

Ce visage semble crier et appeler les fidèles à l'offrande. Mais nous ne pouvons voir, dans ce donneur d'eau bénite, un prédicateur assis en chaire et couvert d'habits sacerdotaux.

La tête en bénitier à longues oreilles, il crie, appele les fidèles à l'offrande, sème les indulgences d'une main, tandis que de l'autre il empoche les grands blancs détournés du plat...

XLVII
PANURGE

Panurge n'est guère plus reconnaissable dans cette gravure-ci que dans la précédente. Pourquoi vouloir lier son personnage à celui du cardinal de Lorraine, que nous y trouvons bien plus facilement ?

Ce maigre individu, vêtu du costume ecclésiastique, et coiffé d'un large couvercle muni d'une anse, est évidemment un prince de l'Eglise. Le couvercle a toutes les allures d'un chapeau de cardinal. Une écharpe entoure sa taille.

De ses bras décharnés il secoue un sac au-dessus d'un puits. Il s'en échappe un gros livre à fermoirs, un peu volumineux pour un bréviaire, dont il se débarrasse avec un plaisir évident. Ses yeux faux et sa bouche hideuse expriment une étrange satisfaction.

Panurge était sans doute impie ; il n'est pas besoin de citations pour le démontrer. Mais ne pourrait-on pas voir dans cette figure une allusion plus directe aux hérésies naissantes de l'époque ? Cette figure railleuse n'est-elle pas la Réforme, jetant dans l'oubli, sinon la Bible catholique, du moins les sacrées décrétales et les bulles des successeurs de Saint Pierre ?

Maigre individu en costume ecclésiastique, coiffé d'un large couvercle à anse, il jette au puits un gros livre à fermoirs. Ses yeux et sa bouche expriment une étrange satisfaction...

XLVIII
LE CARDINAL DE LORRAINE

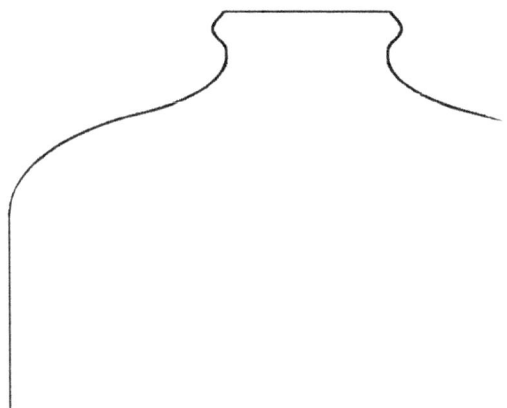

Un soldat d'aspect farouche, assis sur une borne, tient une arquebuse qu'il charge. Il est habillé simplement en bourgeois : justaucorps, pourpoint et haut-de-chausses. Ses jambes sont sommaires et sa chaussure primitive. Un long sabre à pointe recourbée est passé à sa ceinture.

Son profil est celui d'un singe ; deux dents horribles partent de sa mâchoire supérieure et descendent vers la terre. Des cheveux longs et plats tombent sur ses épaules et lui donnent quelque ressemblance avec un caniche à longues oreilles. Sa casquette, ou son chapeau à la mode du temps, s'incline sur son front, et se prolonge en une pointe ridicule qui se termine par un gland.

Faut-il voir, dans ce capitaine de triste figure, le seigneur Trépelu, commandant les seize mille arquebusiers et les trente mille aventuriers qui formaient l'avant-garde de Picrochole ?

« Ces dignes compagnons spadassins, bas de fesses, merdailles et aultres capitaines de Picrochole, n'estoyent que maraulx, pilleurs et brigands. »

Triste figure du commandant de "ces dignes compagnons spadassins, bas de fesses, merdailles et aultres capitaines de Picrochole, n'estoyent que maraultx, pilleurs et brigands..."

XLIX
LE SEIGNEUR TRÉPELU
ARCQUEBUSIER DU ROY PICROCHOLE
Liv. I, Chap. XXVI et XXXVI

Ici l'équivoque n'est pas possible : il s'agit du bonhomme Grandgousier, en dispute avec sa femme en mal d'enfant.

« Courage de brebis! disoit-il, despechez-nous de cestui-ci et bientost en faisons un aultre. - Ha! dist-elle, tant vous parlez à vostre aise, vous aultres hommes. Bien de par Dieu, je me parforcerai, puisqu'il vous plaist, mais plust à Dieu que vous l'eussiez coupé ! - Quoi ? dit Grandgousier. - Ha ! dist-elle, que vous estes bon homme ! vous l'entendez bien. - Mon membre ? dist-il. Sang de les cabres ! si bon vous semble, faictes apporter un coulteau. - Ha ! dist-elle, ja, à Dieu ne plaise !... »

Grandgousier parlait de bon coeur, si nous en croyons son air résolu et le geste hardi par lequel il menace sa virilité splendide. On voit qu'il est chez lui, en costume du matin, réveillé par les cris de sa femme, en pantoufles, robe de chambre et bonnet de nuit. Toutefois, une plume de paon accrochée à sa coiffure lui donne une certaine dignité.

Quant aux jets de salive qui jaillissent de ses lèvres, on peut leur faire exprimer la plénitude d'estomac du bonhomme, qui venait de boire à perdre haleine à la santé de l'enfant et de la mère.

D'ailleurs, si l'on voit dans Grandgousier Louis XII, c'est une allusion toute naturelle à l'ivrognerie bien connue du Père du Peuple.

Réveillé par les cris de sa femme, en pleine dispute, il menace d'un geste hardi sa virilité splendide. Les jets de salive témoignent qu'il venait de boire à en perdre haleine...

L
GRANDGOUSIER
PÈRE DE GARGANTUA
Liv. I, Chap. VI

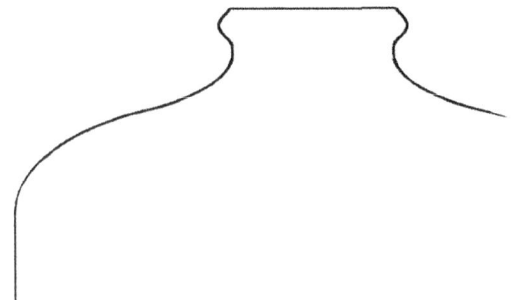

Voici un profil qui ne trompe pas, quoiqu'on ne puisse voir la bouche en cœur du monarque qui mérita d'être appelé « le Restaurateur des lettres ». Ses grands éperons de chevalier, les plumes d'oiseau de paradis qui forment un plumet à la douillette qui l'enveloppe des pieds à la tête, sont des marques suffisantes de sa dignité.

Cet infirme royal se traîne péniblement ; son menton est engagé dans une bavette en entonnoir ; de ses mains il soulève sa cuisse, comme pour aider à sa marche chancelante et soulager une douleur dont le foyer nous est caché.

François est évidemment atteint du mal de Naples que lui communiqua si libéralement la belle Féronnière. Rabelais en parle à la seconde strophe des Fanfreluches antidotées :

Mais l'an viendra signé d'ung arc turquoys,

De cinq fuseaulx et trois culs de marmites, (XVIᶜ siècle)

Onquel le dos d'un roy trop peu courtoys
Poivré sera soubz ung habit d'hermite...

La bavette était attribuée aux vérolés pour qu'ils ne fussent pas incommodés de leur salivation.

Grands éperons de chevalier et plumes d'oiseaux de paradis marquent la dignité de cette figure royale qui se traîne, atteinte du mal de Naples, communiqué par la belle Féronnière...

LI
FRANÇOIS 1er
ROY DE FRANCE
Liv. I, Chap. IV

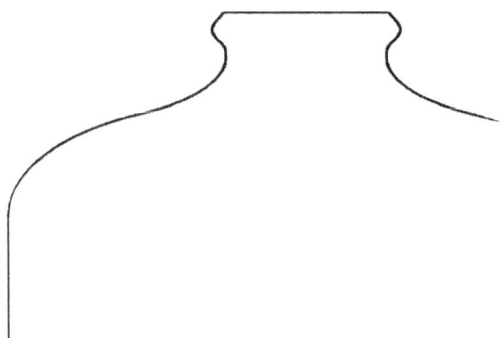

Ce Panurge sérieux et quelque peu féroce est donné par les commentateurs pour une représentation du cardinal Charles de Lorraine.

« Il était si bien fait et avait la mine si haute, dit l'histoire, que, quand la pourpre ne l'aurait pas distingué des autres hommes, ceux qui s'y connaissaient le moins eussent assez jugé, en le voyant, qu'il était de la première qualité. »

Le cardinal de Lorraine, soit ; mais Panurge, non. Ce châtelain soupçonneux, à la mine défiante, richement vêtu, armé de l'épée et de la dague, portant sa bourse à la ceinture et ses gants au bout d'un ruban, est assurément un grand seigneur. Mais j'y cherche vainement les traits de cette aimable canaille de Panurge, dont la vraie ressemblance décore l'entrée de ce volume.

Dans ces genoux cagneux, ornés de jarretières enrubannées, dans ce pied levé et cette démarche ambiguë, on veut voir l'indice des vices de Panurge, de sa couardise et de son libertinage. Cela nous paraît sujet à discussion.

Laissons ces agréments naturels au cardinal de Lorraine, ami intime de Henri II.

Des genoux cagneux, ornés de jarretières enrubannées, un pied levé dans une démarche ambiguë ; on peut y reconnaî- tre l'indice de ses vices, de sa couardise et de son libertinage...

LII
LE CARDINAL DE LORRAINE

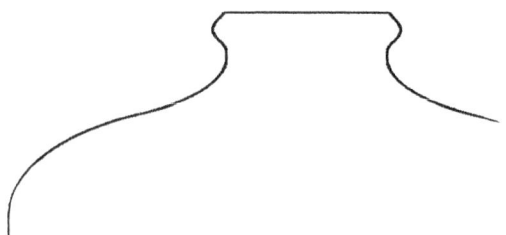

Nous retrouvons, dans ce malade, l'amant de la belle Féronnière et de la duchesse d'Étampes, ce qui n'a rien de précisément flatteur pour ces dames. C'est l'infirme de la figure LI, avec la bavette qui reçoit la salive « quand le gosier lui escume comme verrat ».

Le grand François - n'avait-il pas six pieds ? - est coiffé d'un bonnet à trois pointes ornées de glands, avec une quatrième éminence d'où s'élèvent des plumes d'oiseau de paradis, signe de souveraineté.

La partie inférieure du corps semble nue ; le pied droit chausse une pantoufle bordée d'hermine ; le pied gauche, qui porte déjà une bottine ornementée, soulève une pantoufle pareille.

Un pourpoint, qui finit en blouse, enveloppe le buste du personnage qui fait le gros dos, peut-être par l'effet de la douleur qu'il ressent. Il pratique en effet sur lui-même une épouvantable opération. Sa main droite plonge une sonde dans son énorme phallus, tandis que la main gauche tient un instrument à crochet et à fourchette, qui va probablement jouer son rôle dans cette chirurgie.

Pourquoi faire remonter à Pantagruel l'injure de ces moeurs vulgaires ? Rabelais dit un peu gratuitement : « Peu de temps après, Pantagruel tomba malade, et lui prist une pisse-chaulde, qui le tourmenta plus que ne penseriez ».

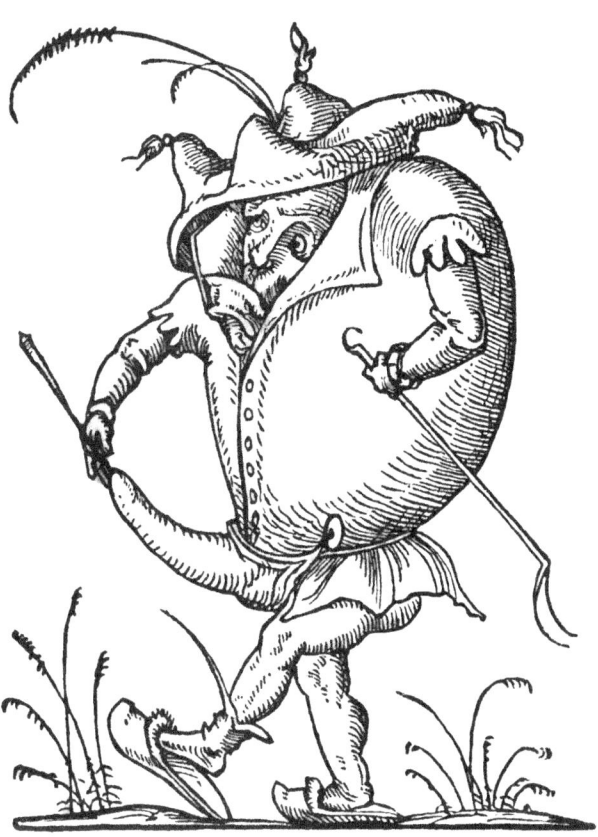

L'amant de la belle Féronnière, dont Rabelais dit : "Peu de temps après, Pantagruel tomba malade, et lui prist une pisse-chaulde, qui le tourmenta plus que vous ne penseriez..."

LIII
PANTAGRUEL
ROY DE DIPSODIE

Liv. II, Chap. XXXIII

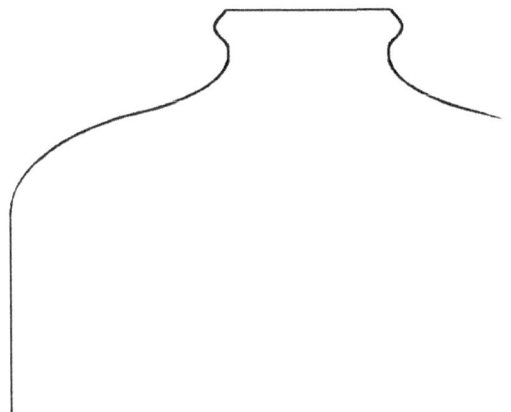

Frère Jean nous paraît jouer, dans cette gravure, un rôle de dupe qui n'est pas dans ses habitudes. Il chante des antiennes à un oiseau sacré, à peu près déplumé, qui doit être le Papegaut adoré des Papimanes. L'oiseau lui répond irrévérencieusement, en lui lançant un argument grossier et salissant.

Frère Jean semble étourdi de cet accueil ; il reste en expectative, l'oeil rond, la bouche béante, la figure cachée sous une cagoule qui dessine cependant ses traits et lui fait une figure de chat. Son doigt suit encore, sur le livre de musique qu'il tient ouvert, le passage entonné.

Le reste de son costume se compose d'une robe ecclésiastique à plis et d'un chapeau d'une grandeur démesurée, qui font songer au cardinal du Bellay. Quant aux ciseaux passés à sa ceinture, ils sont un emblème de paillardise aussi bien que de chasteté.

« Sus le poinct de beati quorum, s'endormyrent l'un et l'aultre... Mais le moyne, ayant le mynuict esveillé, tous les aultres esveilla, chantant à pleine voix la chanson : Ho ! Regnault ! resveille toy ! »

*Oeil rond, bouche béante, caché sous une cagoule, cet ecclé-
siastique semble étourdi des arguments grossiers et salissants
que lui oppose l'oiseau sacré à qui il chante des antiennes...*

LIV
FRÈRE JEAN
DES ENTOMMEURES

Liv. I, Chap. XLI

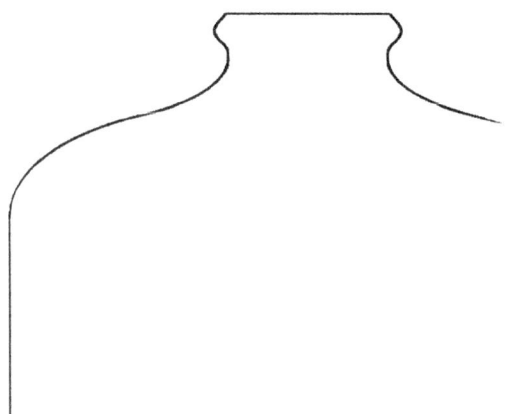

On ne sait trop pourquoi cette figure produit une impression maigre et quelque peu ascétique,
malgré sa rotondité. Elle a de vagues ressemblances
avec un oeuf à la coque ; elle rappelle également les
gourdes que les pèlerins portent au bout d'un bâton.

Le bonhomme rondelet, à figure camuse et
attentive, est vêtu d'une sorte de bourse serrée au cou
et divisée en deux sphères inégales. De la plus petite
émerge son visage ; de l'autre ses bras et ses jambes
; sur sa tête un noeud figure une sorte de gland d'où
s'échappe une longue corde qu'on peut prendre pour
une discipline, et qui vient s'enrouler autour du cou
du personnage. Il porte, par-dessus cet habit étrange,
une espèce de chappe ou de froc qui traîne jusqu'à
terre derrière et devant.

Rabelais a donné à Carême-Prenant tant
d'attributs baroques, qu'il est facile de justifier le nom
que nous prêtons à ce fantoche. Toutefois la rotondité
de son ventre ne s'accorde pas avec les austérités du
carême. Sa posture discrète et révérencieuse rachète
un peu cette exhubérante santé.

Allure de gourde de pèlerin, discipline enroulée autour du cou, froc traînant au sol, sur un étrange vêtement en forme de bourse ; tant d'attributs qui justifient son nom...

LV
QUARESME-PRENANT
GONFALONIER DES ICTYOPHAGES

Liv. IV, Chap. XXIX

Nous retrouvons, dans cette figure décidée, le pape belliqueux que Rabelais se plaît à nous montrer sous tous ses aspects.

Cette fois, le chef militaire l'emporte sur le pontife, et les dignités ecclésiastiques du personnage ne sont indiquées que par ses manches fourrées d'hermine et son vaste capuchon de moine, à cocarde, à plume et à gland, qui ne ressemble pas mal à un bonnet phrygien. De ce capuchon, rabattu jusques sur les yeux, sortent une barbe hérissée et de terribles moustaches.

La robe du guerrier, boutonnée sur le côté, est bizarrement découpée dans le bas ; une sorte de bavette, pareillement frangée, s'attache à son cou par une grosse boucle. La partie postérieure de la robe traîne à terre et se termine par un ornement ; c'est un vêtement mi-partie, bouclier par devant, chappe par derrière.

Une main sur la poignée d'une longue épée, Jules tient de l'autre un drapeau dont la hampe est ornée de grains de rosaire. Il est en marche.

L'aspect de la figure rappelle à merveille les inclinations turbulentes de ce successeur de Saint Pierre.

Du capuchon, rabattu jusque sur les yeux, sortent une barbe hérissée et de terribles moustaches. Epée et drapeau à hampe en forme de rosaire rappellent ses inclinaisons turbulentes...

LVI
JULES II
PAPEGAUT DE L'ISLE SONNANTE
Liv. II, Chap. XXIX

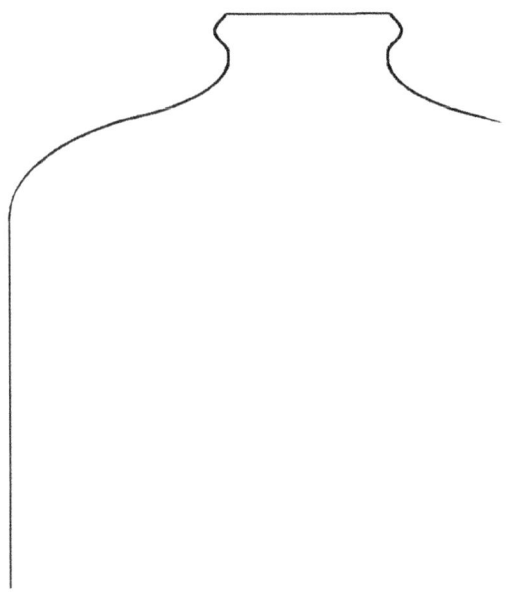

Un archer bien portant, vêtu de chausses collantes, tourne le dos au public, et vise un but inconnu avec une arbalète garnie d'une flèche émoussée.

Il est coiffé d'un bonnet de linge qui retombe sur ses épaules et qui porte trois plumes d'oiseau de paradis, ce qui permet de supposer un grand personnage caché sous ce costume vulgaire. Auprès de lui, accrochée à un buisson, est une trousse d'archer, renfermant des flèches et munie de sa bandoulière.

On peut voir, dans cette figure, le jeune Pantagruel s'exerçant au tir de l'arc, par les ordres de Gargantua.

« Ainsy, dit Rabelais, croissoyt Pantagruel, et son père lui feit faire, comme il estoyt petit, un arbaleste pour s'esbattre après les oisyllons, qu'on appelle de présent le grand arbaleste de Chantelle. »

"Ainsy croissoyt Pantagruel, et son père lui feit faire, comme il estoyt petit, un arbaleste pour s'esbattre après les oisyllons qu'on appelle de présent le Grand Arbaleste de Chantelle..."

LVII
PANTAGRUEL
ROY DE DIPSODIE

Liv. II, Chap. V

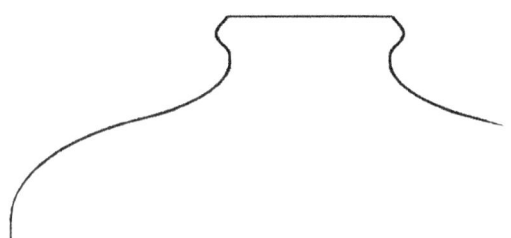

Les commentateurs voient, dans cette étrange et monstrueuse figure, une allégorie aux amours de François Ier et de Diane de Poitiers, ou, si nous rentrons dans le texte du Pantagruel, une image de l'accouplement de Gargantua avec la jument qui lui fut envoyée d'Afrique. Il est certain que la face encapuchonnée de ce personnage représente une tête de cheval, dont le nez vient reposer sur une énorme bedaine.

Les plumes d'oiseau de paradis qu'il porte à la main et sur la tête, l'écusson qui pare son camail, le geste de bénédiction de sa main parée d'un gant magnifique, tout indique la dignité de ce masque. Mais, au sceptre qu'il tient, terminé par un pied de bouc, et au phallus énorme, supporté par des roulettes, qu'il pousse devant lui, nous le prendrions plus volontiers pour une représentation du Dieu Priape ou de saint Guignolé.

Voici le texte qui a rapport à la jument de Numydie :

« En ceste même saison, dit Rabelais, Fayoles, quart-roy de Numydie, envoya de Affrique à Grandgousier, une jument la plus esnorme... et avoyt les pieds fendus en doigts... mais surtout la queue horrible... Esmerveillez-vous dadvantage de la queue des béliers de Scythie, esquelz fault affuster une charrette au cul pour la porter. »

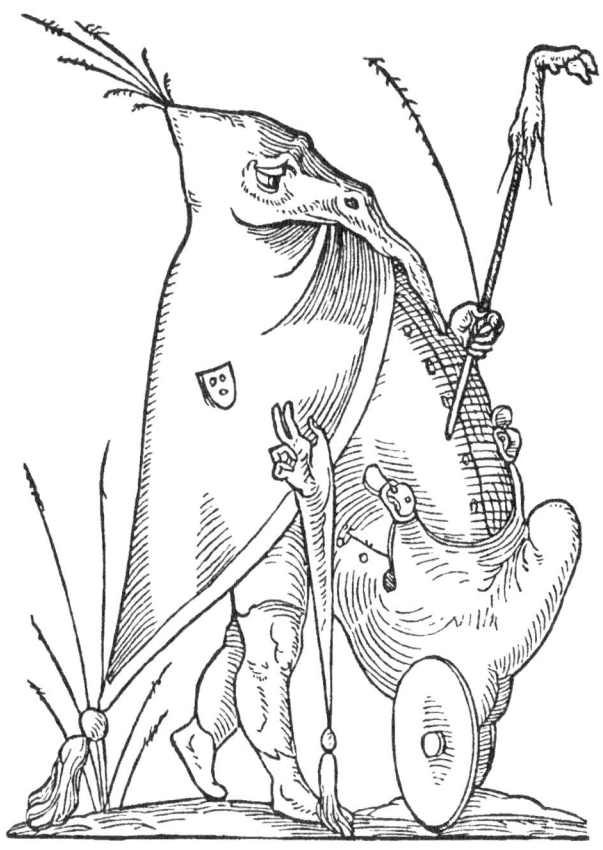

"Fayoles, quart-roy de Numydie, envoya de Affrique à Grangousier, une jument la plus esnorme... et avoyt les peids fendus en doigts... mais surtout la queue horrible..."

LVIII
LA GRANDE JUMENT NUMIDE
DE GARGANTUA

Liv. I, Chap. XVI

Ce compagnon de Pantagruel a un nez en trompe d'éléphant que rien ne justifie, sinon sa sagacité à deviner, à pressentir l'approche des ennemis.

Son chapeau pointu, à longs poils, est orné d'une véritable profusion de panaches. Habillé d'ailleurs d'une redingote à la Russe par-dessus sa tunique, il porte à la ceinture une large paire de ciseaux, que Rabelais nous habitue à regarder comme un emblème charnel. Cette opinion est justifiée par la singulière éminence que révèlent les vêtements du personnage, immédiatement au devant de lui. Ce soldat de fortune porte le bouclier et la hallebarde.

C'est décidément Eusthènes, « ce gros paillard fait comme quatre boeufs », dans lequel les commentateurs veulent voir Hercule d'Este, second du nom, général en chef des troupes françaises sous Henri II. Ses victoires seraient indiquées par les plumes qui parent sa coiffure.

« Je, dist Eusthènes, leur rumpray bras et jambes, car je suis de la lignée de Hercules. »

Nez permettant de débusquer les ennemis, singulière éminence révélée par ses vêtements ; ce "paillard fait comme quatre boeufs" est le compagnon de guerre de Pantagruel...

LIX
EUSTHÈNES
LE PAILLARD

Liv. II, Chap. XXIV et XXIX

Ce glorieux pape est représenté avec de nombreux attributs qui s'effacent devant une nudité monstrueuse. Le phallus qu'il découvre est semé d'épingles comme une pelote, allusion fort claire à une maladie cruelle, dont il rend compte à Saint Pierre, dans un dialogue de Bayle. Cependant la figure du personnage exprime moins la souffrance qu'une raillerie narquoise.

Il porte sur le poing, superbement ganté, un faucon encapuchonné, dans lequel on peut voir aussi une linotte coiffée, emblème de la courtisane ecclésiastique à laquelle Jules devait la perte de sa santé. Il est extrêmement probable que le phallus et l'oiseau sont en relations de cause et d'effet.

Le vaste chapeau de cardinal à pendentifs, orné d'une escarboucle et d'une plume d'autruche, le glaive à fourreau brisé et à riche poignée, la gibecière d'où s'échappe un rosaire, et qui paraît destinée à rassembler les tributs de la chrétienté, la manche galonnée, l'éperon de chevalier attaché à de simples mules, tout désigne d'ailleurs le rang et la qualité de ce pontife éminent.

Présenté avec des attributs qui s'effacent devant une nudité monstrueuse semée d'épingles, allusion fort claire à une maladie cruelle dont il souffre et rend compte à St Pierre...

LX
JULES II
PAPEGAUT DE L'ISLE SONNANTE

Liv. II, Chap. XXX

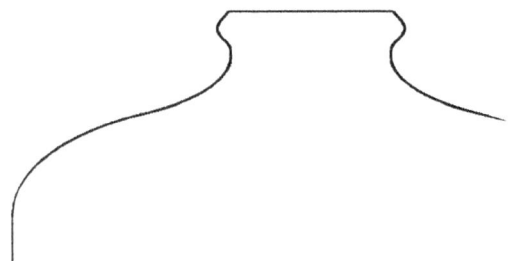

Médecin, empirique, charlatan, il y a un peu de tout cela dans cette figure, qui appartient certainement à un membre de la Faculté de médecine.

Le personnage est chaudement vêtu, et par dessus la douillette qui couvre son pourpoint, porte un tablier de préparateur ou d'apothicaire, qui paraît fourré sur les bords.

Il est coiffé de deux chapeaux ; l'un en forme de gros bonnet panaché de petites plumes ; le second, en forme de toque, posé sur le front et orné d'une fleur des champs.

L'énorme bosse de l'individu est probablement pleine de médicaments et de drogues. Un ibis, perché sur cette éminence, lève la patte, comme pour annoncer la panacée dont il est l'emblème.

C'est dans cet attirail que le bonhomme broie des substances dans un vase allongé, au moyen d'un pilon à long manche qu'il tient des deux mains.

Les commentateurs voient dans cet ustensile un tambourin fait pour appeler la foule ; nos lecteurs choisiront entre les deux explications.

« En icelle heure, dit Rabelais, vint vers nous un navire chargé de tabourins, en lequel je reconnus quelques passagers de bonne maison, entr'autres Henry Cotyral, compaignon vieux... »

Empirique, charlatan, cette figure sur laquelle un ibis lève la patte pour annoncer la panacée dont il est l'emblème, est certainement membre de la Faculté de médecine...

LXI
HENRY COTYRAL
LE CHARLATAN

Liv. V, Chap. XVIII

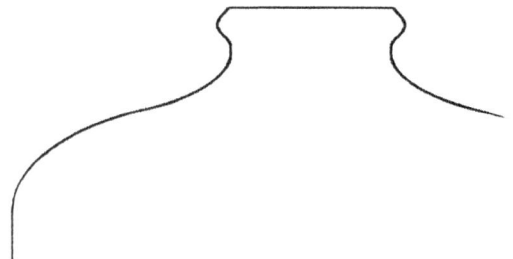

Nous saluons, dans cette figure de singe, vêtu d'une sorte d'habit ecclésiastique, le grand Benoît, fondateur et patriarche de l'ordre des Bénédictins.

Son bonnet est paré d'une plume magnifique qui est le signe de sa dignité. Son ample robe, relevée sur le devant et traînante en arrière, porte au bas un large galon d'hermine et paraît ornée de figures circulaires, où l'on peut voir des coquilles de pèlerins. Une sorte de camail ou de capuchon très-épais lui entoure les épaules et tombe sur son dos, agrémenté de glands et de gros boutons.

Le personnage semble avoir une jambe de bois ; l'autre, assez informe, est beaucoup plus grosse ; les commentateurs y voient une allusion à la botte de Saint-Benoît, que Rabelais dit être la grande tonne des Bénédictins.

Il porte dans ses bras un poupon emmailloté, qu'on reconnaît pour l'Enfant Jésus, à la profusion de plumes d'oiseau de paradis qui s'élèvent en éventail au-dessus de sa tête. Le bambin tient dans ses mains un hochet, une sorte de scapulaire, ou peut-être une discipline.

Saint Benoît, qui vivait au VIe siècle, pouvait d'ailleurs avoir les cheveux longs et plats, malgré les prescriptions de sa règle.

Figure de singe, vêtu de l'habit ecclésiastique, portant dans ses bras un bambin que l'on reconnaît pour l'Enfant Jésus, à la profusion de plumes de paradis au-dessus de sa tête...

LXII
Le GRAND BÉNIUS
ROY DE L'ISLE DES ESCLOTS

Liv. V, Chap. XXVII

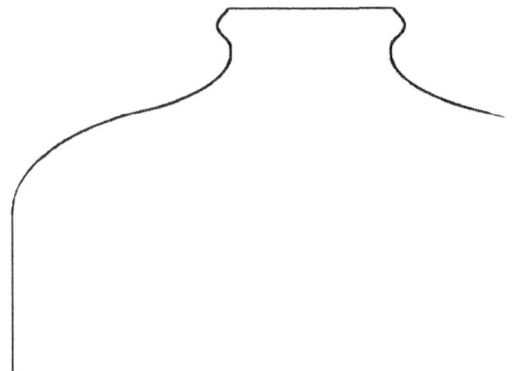

« C'estoyt, dit Rabelais, un petit bon-homme vieulx, chauve, à museau bien enluminé et face bien cramoysie. »

Il est assez difficile de reconnaître ce portrait dans le religieux énigmatique que nous avons sous les yeux ; nous le devinerons mieux à l'effusion de son accueil. Il tend aux survenants une branche verte, signe de bienvenue, et porte un « pot de purée septembrale » plein à déborder.

Il est vrai que son costume est extraordinaire : son pourpoint étroit et dentelé par le bas est lacé du bas en haut ; une chappe, une sorte d'étole, pend à son cou, passe dans sa ceinture et vient se recroqueviller devant lui. Sa figure tout entière est couverte d'une cagoule, attachée à un immense camail en forme de cloche, entouré de boutons et traînant jusqu'à terre. Sur la cagoule, dont la longue pointe, ornée d'un gland, se renverse en arrière, sept plumes d'oiseau de paradis s'élèvent au-dessus d'une espèce de cocarde

« Buvons, amis... N'ayez paour que vins et vivres icy faillent, car quand le ciel seroyt d'aerain et la terre de fer, encore vivres ne nous fauldroyent. »

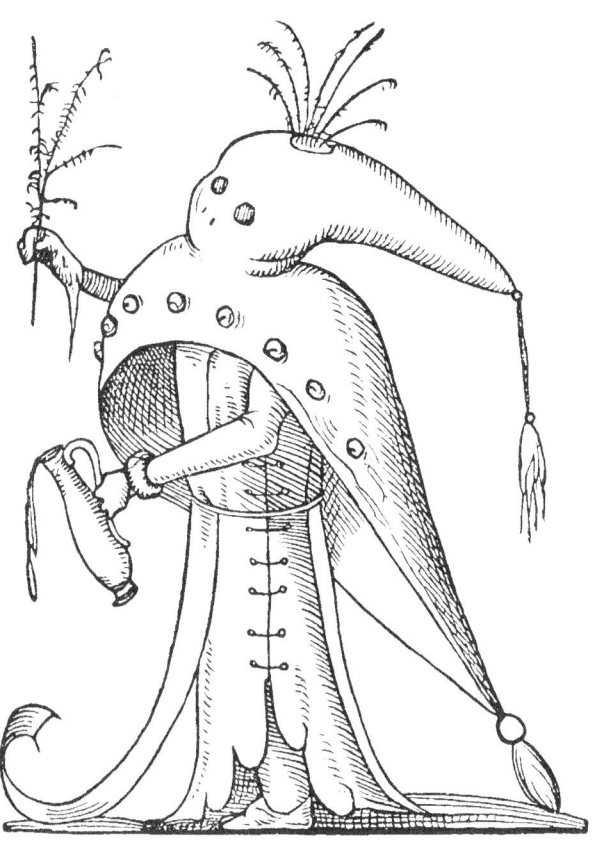

"N'ayez paour que vins et vivres icy faillent, car quand le ciel seroyt d'aerain et la terre de fer, encore vivres ne nous fauldroyent." Ainsi, il souhaite la bienvenue aux survenants...

LXIII
MAISTRE AEDITUE
PORTIER DE L'ISLE SONNANTE

Liv. V, Chap. VI

Ce vigoureux compère à bonne figure, à face épanouie, est l'émule de Tailleboudin, le colonel Riflandouille, commandant les gens de la nef Bresidière.

Son bonnet fourré, à peu près taillé comme un bonnet phrygien, porte un galon en forme de couronne et un panache qui annonce son rang militaire. Une vaste redingote à la propriétaire enveloppe ce personnage qui montre à sa ceinture de cuir une aumônière bien garnie.

Le témoignage d'une virilité généreuse dépasse de sa tunique et complète la bonne opinion qu'on peut se faire d'un pareil soldat. Il est muni pour toutes armes d'une écumoire ou cuillère à pot ; sur sa poitrine, du côté droit, s'étale une décoration à aiguillette, en forme de coquillage, qui rappelle les médailles militaires romaines. On s'explique moins pourquoi le coude du bras droit est déchiré.

Riflandouille, la main dans sa redingote grise, affecte d'ailleurs la pose d'un capitaine célèbre.

« Riflandouille rifloit andouilles, dit Rabelais en rendant compte de la guerre andouillicque. »

Ce vigoureux compère soldat à face épanouie, muni d'une écumoire pour toute arme, n'est autre que l'émule de Taille-boudin, commandant les gens de la nef Bresidière...

LXIV
LE COLONEL
RIFLANDOUILLE

Liv. IV, Chap. XXXVII et XLI

Voici une nouvelle caricature du célèbre empirique que nous a déjà montré la figure LXI.

Cette fois, le tambourin n'est pas douteux, car il fait partie intégrante du personnage dont il remplace le buste tout entier. Sur les flancs du tambourin est immédiatement placée la tête du charlatan, coiffée d'un bonnet à fanfreluches qui traînent jusqu'à terre, et surmonté de cinq panaches ou herbes médicinales.

Un de ses bras sort de son cou et frappe avec une baguette sur la partie du tambourin qui lui sert de ventre ; l'autre porte au bout d'un bâton l'ibis qui symbolise la médecine universelle.

La langue que ce fantoche tire complaisamment peut également signifier son éloquence facile, ou le cas médiocre qu'il fait des clients qu'il empaume. Son haut de chausses, boutonné du haut en bas, dessine une braguette monstrueuse, élégamment attachée au tambour par un noeud de ruban. C'est une allusion probable au cynisme du personnage.

Henry Cotyral était de bonne famille et devint médecin de Louise de Savoie et de son fils François Ier. Il est probable que c'est lui qu'a voulu désigner Rabelais sous le nom de Her Trippa.

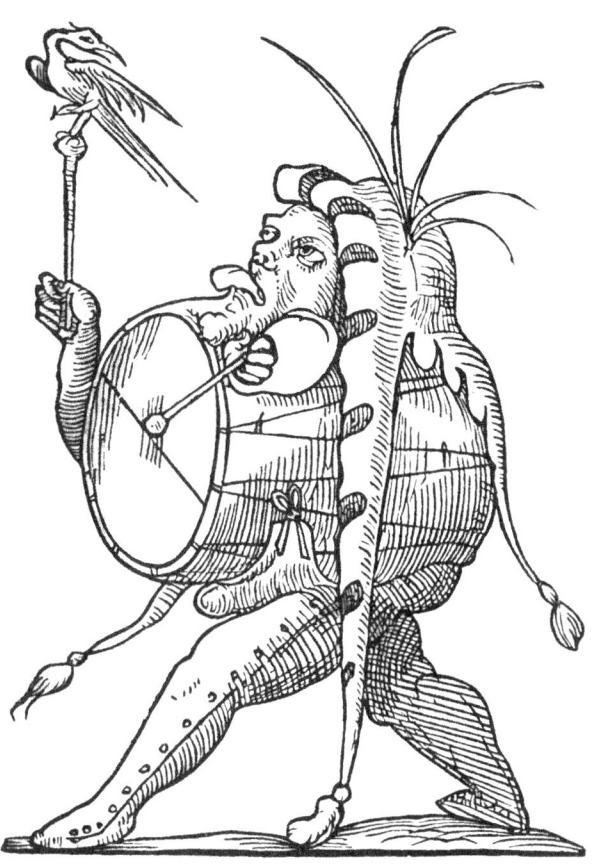

*Porteur de l'ibis, symbole de la médecine universelle, ce
fantoche au corps de tambourin tire complaisamment la
langue, prouvant le cas médiocre qu'il fait de ses clients...*

LXV
HENRY COTYRAL
LE CHARLATAN

Liv. III, Chap. XXV

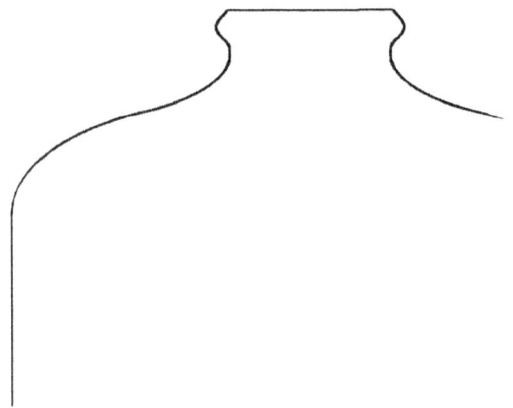

Reconnaissez-vous l'allure d'un des plus célèbres grotesques de Callot ? N'est-ce pas également le type d'un des plus fameux fantocini de la Comédie italienne ? Peut-être faut-il voir dans cette image le médecin de François Ier qui figure, déjà aux planches LXI et LXV.

Nous retrouvons dans ce personnage la double bosse de Polichinelle, sur laquelle est perché l'ibis salutaire. Son bonnet d'empirique, penché en avant, est paré de longs panaches. Il sonne du cor pour attirer la foule, et porte à sa ceinture un second instrument qui ressemble fort à une clarinette. Ses maigres jambes, chaussées de sandales, sont couvertes d'oripeaux qui lui laissent le derrière à peu près nu.

Dans la pénombre se dessine un vigoureux indice de virilité, qui doit exprimer l'effronterie naturelle du charlatan. Il a l'air de courir, d'ailleurs, en jouant de la trompe.

Ses bras grêles, vêtus de manches à crevés, aboutissent à de toutes petites mains qui sont une preuve de sa profession libérale.

Coiffé d'un bonnet d'empirique sur lequel se perche un ibis,
ce fantoche sonne du cor pour attirer la foule. Ses toutes
petites mains sont la preuve de sa profession libérale...

LXVI
HENRY COTYRAL
LE CHARLATAN

Liv. V, Chap. XVIII

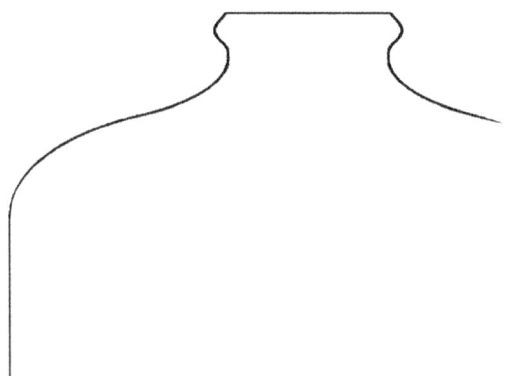

Nous revoyons ici le puissant Manduce, le Ventre-Dieu, roi des Gastrolâtres, avec une coiffure pareille à celle qu'il porte à la planche XLII ; vaste entonnoir ou couvercle de four de campagne d'où s'échappe un panache d'ondoyante fumée. La figure du personnage est également la même, mais sa bouche monstrueuse est fermée et son profil est celui d'un crapaud.

Largement assis à terre, il est paré d'ailes de surplis, semblables à de longues oreilles de chien. Des jambes et des cuisses, maigres et souffreteuses, se replient des deux côtés de son ventre omnipotent.

Il tient, d'une de ses mains armées de griffes, une fourche en forme de sceptre, qui supporte une figurine mangeant à deux cuillères à la fois.

Manduce a l'air de faire la leçon à cette poupée gourmande, enfroquée comme un moine, allusion directe à la gourmandise claustrale. Il étale d'ailleurs des dons naturels qui montrent l'alliance intime des excès de la table et des débauches des sens.

« Manduce, dit Rabelais, sur ung long baston doré portoyt une statue de boys mal taillée. »

Largement assis à terre, paré d'un surplis semblable à des oreilles de chien, le Ventre-Dieu fait la leçon à une figure de moine mangeant à deux cuillères à la fois...

LXVII
MANDUCE
DIEU DES GASTROLASTRES
Liv. IV, Chap. LIX

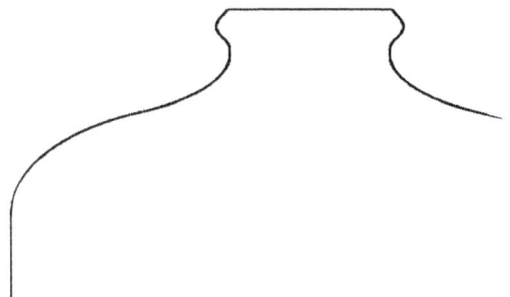

Nous croyons qu'il faut s'en tenir au cardinal. « Il est considéré ici, disent les commentateurs, comme ami du vin et comme grand inquisiteur. » On ne saurait refuser un défaut à Panurge, très-évidemment ivrogne à ses moments perdus, mais nous ne saurions le voir préoccupé d'hérésies et d'hérétiques.

Un grand gaillard, encapuchonné et encamaillé, dont le buste cylindrique a la forme d'un tonneau, est assis carrément à terre, et vide, à tête renversée, le fond d'un verre de vin.

De sa main libre il tient une épée à dents de scie qu'il dirige derrière lui, comme pour se préserver d'une attaque de traître. Les jambes et les cuisses du personnage sont maigres et grêles ; les pieds se terminent par trois doigts crochus.De larges ciseaux, passés à sa ceinture, sont l'indice d'une virilité qui d'ailleurs ne se montre pas.

Le cardinal de Lorraine, vert galant et grand buveur, était surnommé le cardinal des Bouteilles. Cela nous paraît le seul argument qu'on puisse faire valoir en faveur de l'explication de cette figure. Mais nous ne rendons pas compte de la végétation qui paraît sortir de son capuchon renversé, à moins qu'elle n'appartienne à quelque arbuste en perspective dont la tige est cachée.

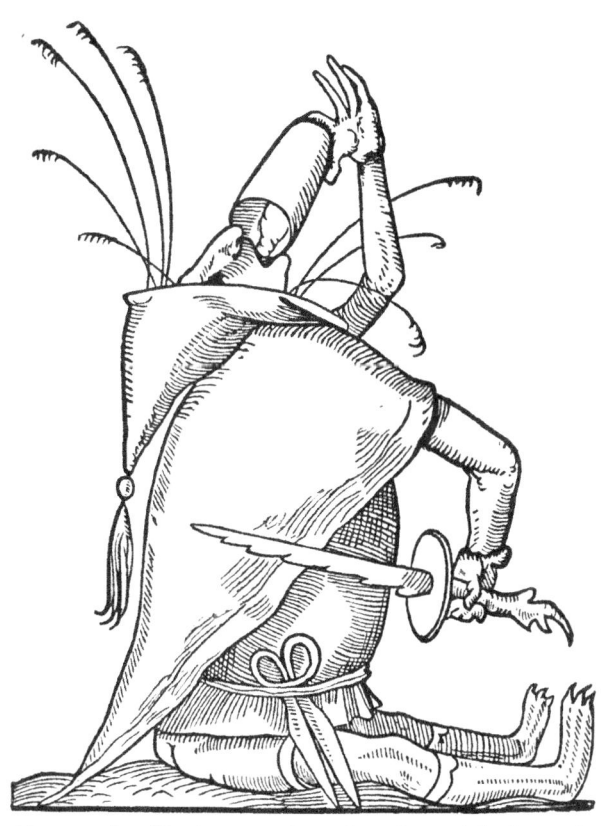

Un grand gaillard encapuchonné, au buste à la forme de tonneau, qui vide, à tête renversée, le fond d'un verre de vin, tout en protégeant ses arrières d'une épée à dents de scie...

LXVIII
LE CARDINAL DE LORRAINE

Liv. IV, Chap. LIX

Cette figure étrange qui s'avance, et dont les traits semblent enveloppés d'une cagoule transparente attachée à un long camail, est une caricature religieuse, que nous appellerons Carême-Prenant par déférence pour les commentateurs.

Sa tête bossuée prêterait à de curieuses études phrénologiques. Faut-il supposer que les pensées qui la remplissent sont traduites par ces longues palmes, qui rappellent les coiffures indiennes, et qui seraient l'emblème des récompenses éternelles auxquelles le bonhomme aspiré ?

Ses jambes se terminent par des pattes de lion, indices de la fermeté avec laquelle il marche dans sa voie. Il porte un chapeau de cardinal en bandoulière et le soutient d'une main. L'autre, couverte d'un riche gant fourré, sert de perchoir à un oiseau à figure humaine, encapuchonné d'un bonnet à trois pointes, dans lequel il est facile de reconnaître le Papegaut, objet de l'adoration du personnage.

« Je porte gris et froid, dit Quaresme-Prenant, rien devant et rien derrière. »

Personnage à la tête bossuée enveloppée d'une cagoule. Il porte d'une main un chapeau de cardinal, de l'autre un oiseau à figure humaine qui n'est autre que le Papegaut...

LXIX
QUARESME-PRENANT
ROY DE L'ISLE DE TAPINOYS

Liv. IV, Chap. XXIX

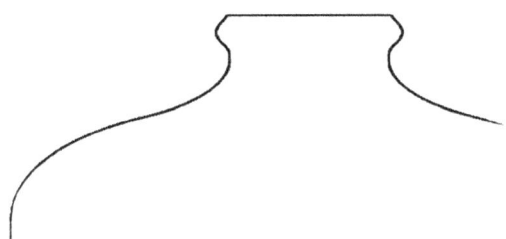

Il est impossible de ne pas reconnaître dans ce profil le roi galant, armé chevalier par Bayard. On retrouve aisément aussi dans cette figure un des plus célèbres mendiants de Callot.

Les superbes éperons qui parent ses bottes à l'écuyère sont la preuve de sa haute dignité. Il est curieusement armé d'un sabre à pointe recourbée, qui se croise avec un arc grandissime, dont la corde lâche exprime le fâcheux état sanitaire du personnage, au moyen d'un calembour que nos lecteurs devineront facilement.

Le roi François est coiffé d'un long bonnet de nuit à mèche, qui retombe sur un manteau fort raide à collet festonné, échancré dans le dos et des deux côtés. L'agrafe qui retrousse le manteau par derrière a l'air de l'épingle qui soulève, en temps opportun, la chemise des petits enfants.

La main droite, gantée, s'appuie sur la poignée du sabre ; la main gauche, libre, accompagne de ses gestes un discours que fait le « vérolez très-précieulx ».

L'accident était, du reste, familier au vainqueur de Marignan, si l'on en croit le journal de sa mère Louise de Savoie, qui fait remonter à 1512 ses débuts malheureux dans la galanterie. François alors voyageait en Guienne et n'avait que dix huit ans.

Les éperons sont la preuve de la dignité de ce roi galant. La main droite s'appuie sur la poignée du sabre, la gauche accompagne un discours que fait ce "vérolez très-précieulx"...

LXX
FRANÇOIS IER

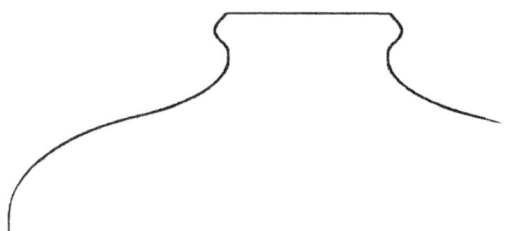

« Belle gouge et de bonne troigne », dit Rabelais en parlant de Gargamelle. Nous ne voyons aucun inconvénient à appliquer ces agréables paroles à la reine Anne, d'autant plus que la fécondité, si clairement écrite dans notre gravure, fut une de ses qualités.

Il est certain que notre figure représente une dame du plus haut rang ; ce qui le prouve, c'est le casque de chevalier, à visière baissée, couronné de l'oiseau de paradis, qui remplace la tête. On n'aperçoit aucune ligne du visage dans l'ouverture du casque, qui semble continuer le cou de la dame et s'y souder invisiblement. N'est-ce pas une allusion à la raison d'État qui gouvernait le caractère d'Anne et qui faisait céder les instincts de la femme à ses idées ambitieuses ?

Une de ses mains s'appuie sur son ventre arrondi ; l'autre tient une sorte de bouquet, symbole de floraison et d'épanouissement.

Sur le galon qui borde sa jupe on lit à rebours le mot Orotestor, sur lequel peut s'exercer la sagacité de nos lecteurs. La robe est décolletée et ornée de passementeries ; du cimier du casque tombe un très-long voile qui vient l'entourer.

Anne était boiteuse, ou du moins avait une jambe un peu plus courte que l'autre, ce qui semble exprimé par un détail curieux de la figure, qui se trouve avoir les deux pieds réunis dans une seule et même pantoufle.

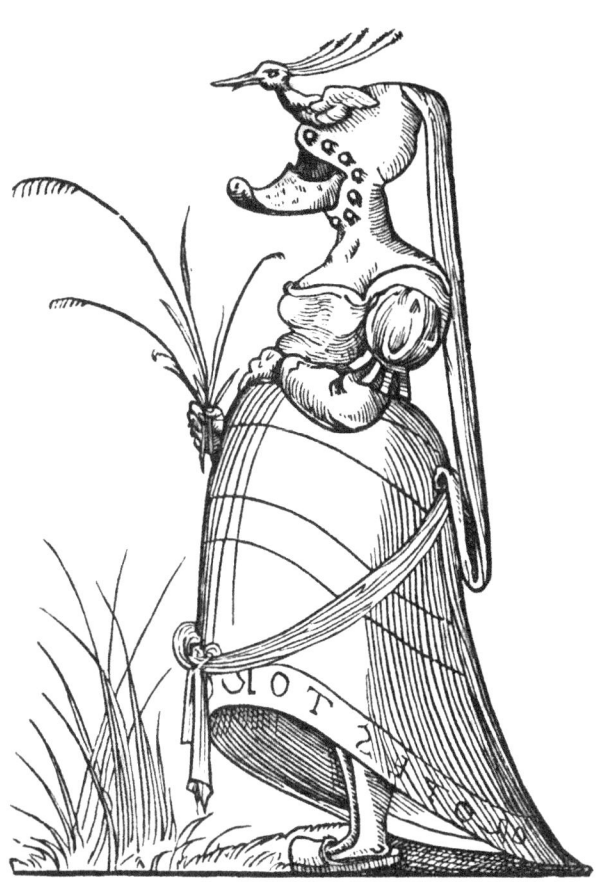

Casque de chevalier couronné de l'oiseau de paradis, jupe bordée d'un galon marqué à rebours OROTESTOR, *et ventre arrondi. "Belle gouge et de bonne troigne" dit-on d'elle...*

LXXI
ANNE DE BRETAGNE

Nous ne saurions voir, avec les commentateurs, un livre d'heures à fermoir, ouvert sur la tête de la reine Anne, dans la coiffure que cette gravure représente. C'est un simple chapeau à l'italienne, qui rappelle, soit la dévotion superstitieuse qui faisait Anne sujette du pape, soit la guerre d'Italie entreprise par Charles VIII, son premier mari, qui plaça pour quelques jours sur sa tête la couronne de Naples.

Le long camail, en forme de cloche, qui cache ses épaules et ses bras, peut être une mode napolitaine du temps, car les colliers et collerettes qui le décorent sont assez dans le goût italien. On peut y voir aussi une allusion à l'ordre de la Cordelière, qu'Anne de Bretagne avait institué, d'après Philippe de Commines. Elle se plaisait à faire porter aux dames de sa cour une cordelière, en souvenir des liens dont Jésus-Christ fut garotté à l'époque de sa Passion.

Les pieds sont rapprochés, comme dans la gravure précédente, et l'un paraît un peu plus court que l'autre.

Reste à savoir pourquoi la reine Anne a la bouche si grande ouverte : peut-être chante-t-elle des antiennes au pape, peut-être chante-t-elle pouille à son mari.

Un long camail en forme de cloche cachant ses épaules et ses bras, la bouche si grande ouverte : chante-t-elle des antiennes au pape, ou chante-t-elle pouille à son mari ?

LXXII
ANNE DE BRETAGNE

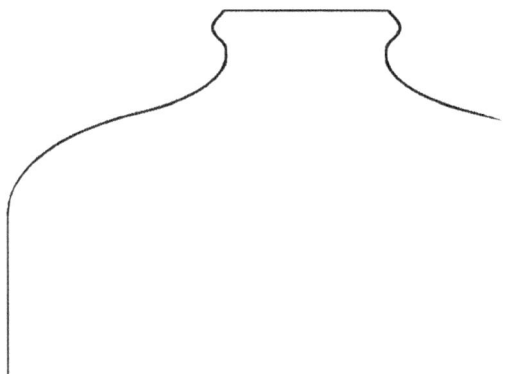

Voici une personnification nouvelle du charlatanisme qui présidait alors à l'exercice de la médecine. Henry Gotyral, médecin de cour et camarade de Rabelais, que nous avons vu figurer aux planches LXI et LXV, est encore sur la sellette.

Ses longs éperons annoncent sa fortune, ainsi que la haute canne qu'il traîne avec un peu d'insouciance. Dans la poche de son grand tablier d'apothicaire on voit un flacon d'élixir qu'il porte à quelque malade. Son bonnet à visière est panaché de plumes sur deux points différents.

Une lèvre inférieure, peut-être bien sa langue, d'une longueur démesurée, supporte à son extrémité l'ibis sacré, qui préside aux sciences médicales. C'est un emblème de la loquacité savante qui règne dans les consultations de la Faculté.

Des manches galonnées, des gants fourrés, des bottes à retroussis placées dans des pantoufles à éperons, complètent le costume du personnage.

Rabelais respecte la médecine mieux que Molière, et malgré son scepticisme, ne peut se défendre de certains égards pour ses confrères de robe.

Eperons et haute canne annoncent sa fortune. Un flacon d'élixir dépasse de la poche de son tablier, une langue d'une longueur démesurée est emblème de la loquacité de la Faculté...

LXXIII
HENRY COTYRAL
LE CHARLATAN

Liv. V, Chap. XVIII

Nous ne voyons pas la nécessité d'appliquer à Henry Corneille Agrippa cette nouvelle caricature. Elle ne renferme aucun détail qui se rapporte clairement à la médecine, et il paraît plus simple de prendre ce fantoche pour un de ces jongleurs qui couraient les villes pour montrer la diablerie à la foule.

Un grand drôle, vêtu d'une espèce de sac qui dessine ses formes ventrues, fait le gros dos, à tel point qu'il peut passer pour bossu. Son nez, prolongé en trompe d'éléphant et percé de trous, affecte la forme d'une espèce de clarinette. Il s'essaie à jouer de son nez avec beaucoup d'attention.

Une épée, attachée à son côté par une courroie, embellit son costume un peu sommaire. Le sac qui le couvre est bordé d'hermine au point où la tête en émerge.

Mais ce qui s'explique difficilement, ce sont trois plumes d'oiseau de paradis qu'il porte sur la nuque, et une grosse branche d'arbre qui s'élève de son dos et se divise en rameaux verdoyants.

Peut-être faut-il voir là une allusion à l'origine grossière de certaines généalogies.

*Grand drôle, vêtu d'une espèce de sac qui dessine ses
formes ventrues, faisant le bossu. Son nez, long et percé
de trous, affecte la forme d'une clarinette dont il joue...*

LXXIV
JONGLEUR DES RUES

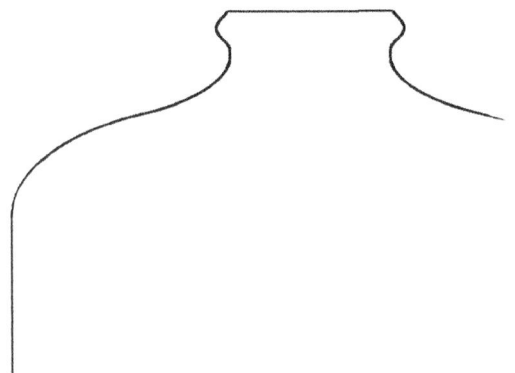

Certes, il est impossible de ne pas reconnaître, dans ce majestueux personnage, le chef de l'Eglise Romaine, et partant le pape Jules II.

Sa coiffure à aigrette rappelle la tiare ; les galons dont elle est ornée ont un faux air de la triple couronne. La mine de Jules est rébarbative ; sa lèvre inférieure, qui va rejoindre son nez, ne dit rien de bon. Quant à ce maître nez, c'est l'emblème naturel de la puissance virile du personnage et du bon usage qu'il sait en faire.

La longue robe qui l'enveloppe, et qui dissimule entièrement ses bras, porte en sautoir un gros rosaire formé d'oeufs, allusion directe au carême, principal appui de son gouvernement.

Le pape lève le pied pour chausser une mule d'une dimension extraordinaire, qui lui est présentée par une petite figure à tête d'oiseau, coiffée de panaches extravagants, plus grands qu'elle. Ces panaches, formés de plumes d'oiseau de paradis, indiquent la dignité de la marionnette, qui nous paraît symboliser la sujétion qu'acceptaient alors les rois de la terre vis à vis du pontife romain.

La mine rébarbative de ce personnage, dont la lèvre inféri-
eure rejoint le nez, ne dit rien de bon. Une petite créature,
coiffée de plumes d'oiseau de paradis, lui passe sa mule...

LXXV
JULES II
PAPEGAUT DE L'ISLE SONNANTE

Liv. I, Chap. II

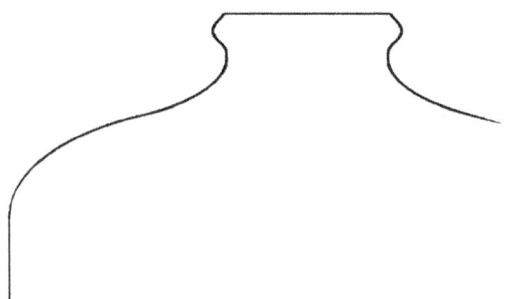

En vérité, sans les commentateurs, nous n'aurions jamais songé à voir dans ce balayeur « esventé » le pape auquel nous revenons si souvent. Ils donnent à l'appui de leur opinion les trois champignons qui poussent à gauche de la gravure et qui seraient des chapeaux de cardinal. Ils citent en outre les paroles de Jules II dans les Fanfreluches antidotées : « je sens le fond de ma mitre si froid, qu'autour me morfond le cerveau.... »

Cela ne nous satisfait pas beaucoup. Dans ce grand drôle, fièrement campé, aux genoux cagneux, à la jupe volante, dont la figure est d'un dessin très-remarquable, dans ce personnage aux allures populaires, qui se drape dans un manteau boutanné, décoré d'un fer à cheval, et qui presse sur sa poitrine un long balai, pourquoi ne pas voir Rabelais lui-même, nettoyant le sol des « gents dorophages, avaleurs de frimars, cerveaulx à bourlet, grabeleurs de corrections ?

« Arrière, mastins, hors de la quarrière ! Hors de mon soleil, canaille, au diable ! Voyez-ci le baston que Diogènes par testament ordonna être près de lui posé après sa mort, pour chasser et esrener les larves bustuaires et mastins cerbériques. Pourtant, arrière, cagots ! Aux ouailles, mastins ! Hors d'icy, caphards ! »

Grand drôle, balayeur "esventé", drapé dans un manteau décoré d'un fer à cheval... Rabelais lui-même ? Nettoyant le sol des "gents dorophages, avaleurs de frimars"...

LXXVI
RABELAIS

Liv. III, Prologue

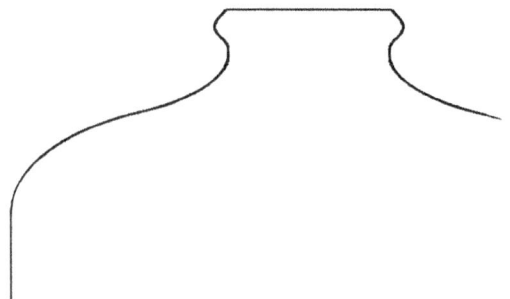

Ce compère délibéré, masqué jusqu'aux dents, dont le masque ne laisse passer que le nez en trèfle, peut très-pertinemment représenter frère Jean, le glorieux abbé de Thélème, allant en guerre contre les paillardes andouilles.

Son équipage est plus religieux que guerrier ; il porte une mosette et un capuchon qui s'adapte au masque qui le cache. D'une main, il brandit un poignard et de l'autre un sabre à dents de scie.

Cet accoutrement singulier et l'anneau à détente par où passe le nez du personnage lui donnent l'air d'un oiseau de proie. L'ensemble du masque a d'ailleurs une allure de pot, symbole d'ivrognerie.

Un feston pend en guirlande autour de sa cuisse gauche, et une braguette proéminente, terminée en pointe, témoigne du cynisme du personnage, si fort ému par les servantes des Papimanes.

Nous ne ferons pas remonter ces allusions un peu brutales au cardinal du Bellay. Frère Jean dit très-nettement au chapitre XXXIX du livre Iᵉʳ : « je hays plus que poison ung homme qui fuist, quand il faut jouer des cousteaulx. »

« Frère Jean, dit Rabelais, abbattoyt à coups de bedaine les andouilles menues comme mousches. »

Compère masqué jusqu'aux dents, dont le masque ne laisse passer que le nez en trèfle. Sans nul doute, le glorieux abbé de Thélème, allant en guerre contre les paillardes andouilles...

LXXVII
FRERE JEAN
DES ENTOMMEURES

Liv. IV, Chap. XLI

Il est certain que cette gravure offre de grandes analogies avec la figure ventrue de la planche II. C'est à peu près la même cuirasse, mais elle dégage mieux le visage et les avantages naturels du héros.

La tête du personnage, merveilleusement originale, s'incarne en un pot fêlé qui en suit les contours et laisse saillir l'ensemble des traits. Sur le crâne chauve, des herbes étiolées poussent naturellement, et sont la principale allusion de l'image aux temps d'abstinence.

Un pourpoint festonné, orné de longues manches à découpures, couvre le buste de Carême-Prenant, qui semble montrer à quel point l'Eglise s'égare en cherchant à vaincre les appétits charnels par le maigre. Il brandit en effet un pied de bouc, pendant que des témoignages incontestables de virilité appuient l'énergie de ce geste.

La baguette de tambour qu'il tient de la main droite paraît destinée à frapper sur son ventre, rebondi comme une grosse caisse et terminé en hausse-col. Est-ce un symbole de l'irritation et de réchauffement logiques produits par un jeûne de quarante jours ?

Une tête qui s'incarne en un pôt félé, sur lequel poussent des herbes étiolées, allusion aux temps d'abstinence. Il semble irrité et échauffé par le jeûne de quarante jours...

LXXVIII
QUARESME-PRENANT
ROY DE L'ISLE DE TAPINOYS
Liv. V, Chap. Prologue

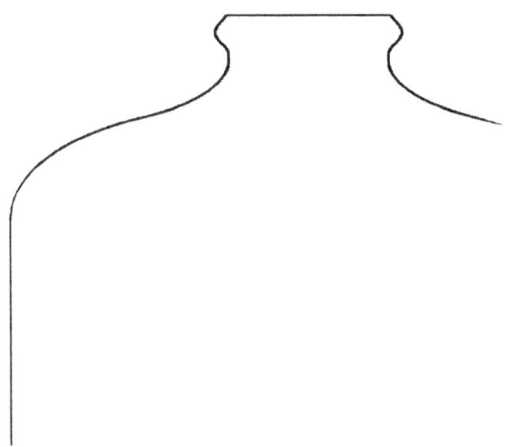

En nommant Ulric Gallet, homme de confiance de Grandgousier et son ambassadeur chez Picrochole, nous usons de politesse envers les commentateurs, qui voient dans cette gravure cet honnête financier, versant dans un sac l'argent destiné à rembourser les frais de la guerre des fouaces. « Voilà, dit Gallet, sept cent mille et trois phylippus que je livre. »

Il nous semble qu'on fait beaucoup d'honneur à Gallet, et le grand chapeau du personnage, ainsi que le camail qui le pare, peuvent lui faire assigner un plus haut rang.

Sa face bestiale et bourrue, la longue épée qu'il porte en verrouil, ses larges gants fourrés, font plutôt reconnaître le pontife belliqueux sur lequel Rabelais aime à s'égayer.

Il recueille et collecte dans un sac immense l'argent de la chrétienté, représenté par un déluge de pièces à différentes effigies. Il est chaussé d'ailleurs d'espèces de sandales, qui paraissent appartenir au serviteur des serviteurs de Dieu.

"Voila sept cent mille et trois phylippus", dit l'homme de confiance de Grandgousier, versant dans un sac l'argent destiné à rembourser les frais de la guerre des fouaces...

LXXIX
ULRIC GALLET
LE BON

Liv. I, Chap. XXX et XXXII

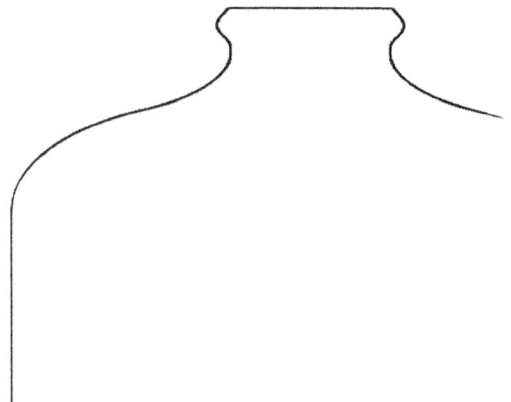

Les caractères de cette bizarre figure sont complexes, et si nous adoptons le titre que lui donnent les commentateurs, c'est faute de trouver mieux.

Un personnage à long bec d'oiseau, coiffé d'un capuchon en forme de cornet, dont la partie postérieure simule des ailes de surplis ou d'abeille, porte une sorte de crosse ou de crochet à manche ornementé, une épée et une torche incendiaire. Il est vêtu d'un pourpoint lacé et de guêtres ; ses mains sont couvertes de gants.

Il marche, en rejetant la torche en arrière de façon à n'être pas incommodé de sa fumée. Son capuchon est surmonté de deux plumes de commandement, et sa virilité indiscrète s'étale avec impunité.

Nous verrions volontiers dans cette gravure un reître, un soldat quelconque de Pantagruel, se préparant à la bataille.

Le nez en bec d'oiseau paraît extravagant, d'autant qu'il est percé de trous comme une clarinette. Peut-être a-t-on voulu exprimer la sagacité d'un capitaine qui sent les ennemis de loin.

*Personnage à long bec, armé d'une épée et d'une torche qu'il
tient en arrière afin de ne pas être incommodé par la fumée.
Son capuchon arbore deux plumes de commandement...*

LXXX
OISEAUL GOURMANDEUR
DE L'ISLE SONNANTE

Liv. V, Chap. V

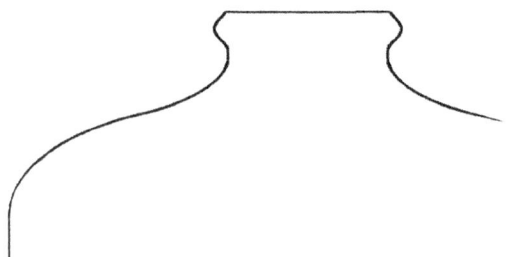

L'abondance de biens où cette figure est plongée la fait d'abord reconnaître pour un personnage ecclésiastique.

Malgré ses allures d'oiseau et l'avis des commentateurs, on ne peut méconnaître un corps de limace aux longues antennes terminées par des boules, chargé sur le dos d'une coquille en spirale, surmontée d'une tête humaine à cornes de bouc.

Il est vrai que la limace est enrichie de deux yeux placés sous les antennes et de deux pattes de griffons. Elle porte en bandoulière une longue épée ; à la partie inférieure de son corps s'ajustent des cuisses et des jambes humaines bottées.

On peut voir dans cette figure allégorique une allusion toute naturelle aux lents et patients empiétements de l'Eglise, qui s'empare à bras ouverts des biens de ce monde, et qui voit de loin, comme le mollusque dont elle emprunte la forme. D'abondant, la coquille ou la maison dans laquelle elle se retire, et qui protège ses envahissements, est ornée de l'empreinte monacale, clairement désignée par la figure de Priape qui la couronne.

« N'ayez paour que vin et vivres icy fayllent, car quand le ciel seroyt d'airain et la terre de fer, encore vivres ne nous fauldroyent. »

L'abondance de biens de cette figure, l'épée qu'elle porte, la désignent comme une allégorie de l'Eglise et de ses patients efforts pour s'emparer ouvertement des biens de ce monde...

LXXXI
L'EGLISE

Liv. IV, Chap. X

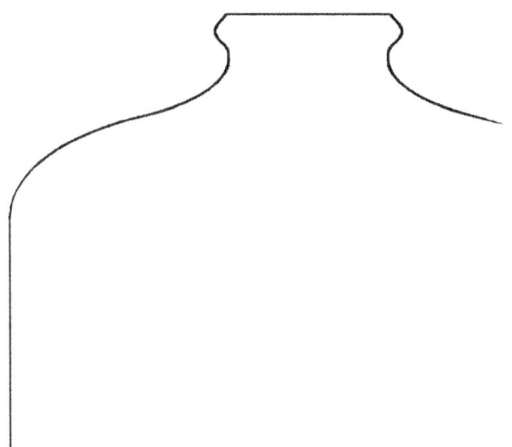

Le bonnet de ce personnage est assez caractéristique pour désigner le successeur de saint Pierre, le belliqueux Jules II, dans le plein exercice de ses appétits guerriers.

En dépit de sa mitre aux longs pendentifs, surmontée d'une banderolle qui flotte au vent, ce pape à figure de singe est aux aguets, attendant l'ennemi. Sa main droite brandit un glaive pointu dont il attend le moment de faire usage ; sa main gauche tient un énorme soufflet qui jette des flammes, et derrière lequel la jambe gauche est dissimulée. L'autre jambe est assez bizarrement plongée dans un pot qu'elle traverse, et au-delà duquel passe un pied qui porte cinq griffes. Ces griffes sentent évidemment le fagot.

Jamais la dualité du caractère de Jules II n'a été plus clairement exprimée. La mitre et le camail appartiennent absolument à l'état ecclésiastique ; la pose, le geste, les armes sont d'un général d'armée. On reconnaît facilement le pontife qui porta la guerre chez la plupart des peuples de l'Europe.

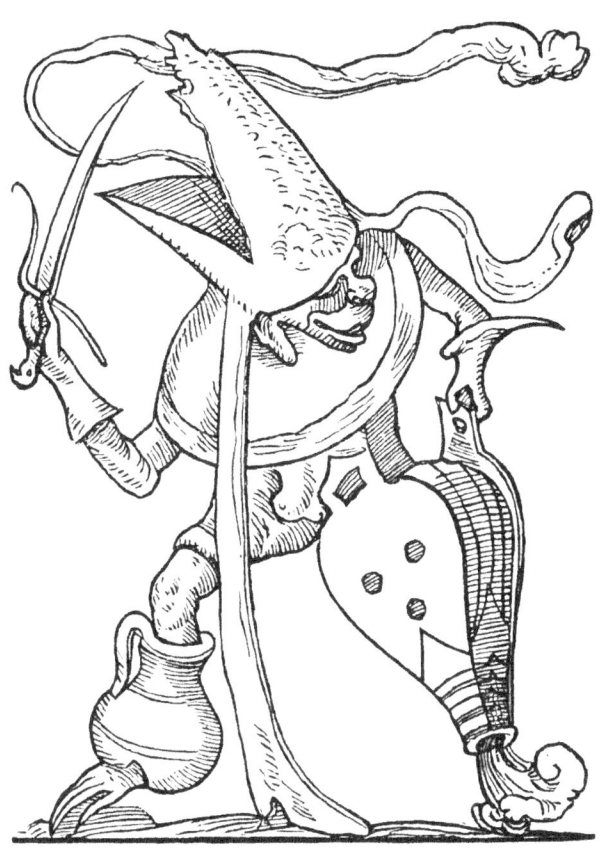

Le bonnet de ce personnage à figure de singe, aux aguets,
attendant l'ennemi un glaive tranchant à la main, est assez
caractéristique pour désigner le successeur de Saint Pierre...

LXXXII
JULES II
PAPEGAUT DE L'ISLE SONNANTE

Liv. I, Chap. II

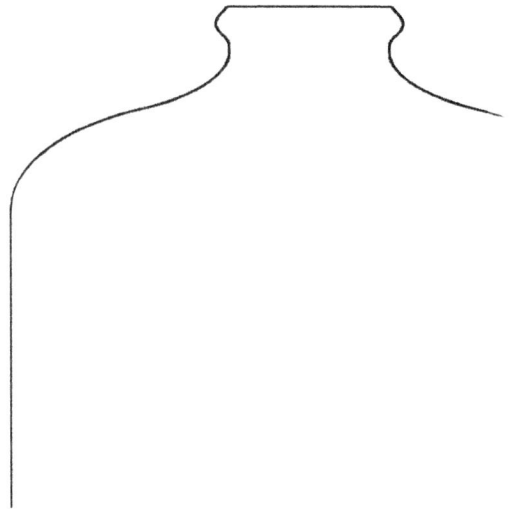

Cette espèce de bouc extraordinaire, enfoncé dans un casque qui l'habille de la ceinture aux pieds, et pêchant à la ligne un dauphin, est une personnification du personnage complexe de Carême-Prenant.

Il porte une longue barbe ; une mèche de sa crinière se continue par un triple panache d'une riche ornementation. La partie supérieure du casque est trouée, pour laisser passer le buste qui est fortement cuirassé dans le dos. Par l'ouverture naturelle de l'armet on aperçoit un des pieds qui figure une serre d'oiseau de proie ; l'autre, semblable, s'appuie à terre. Le casque porte en guise de mentonnière une riche passementerie.

Quant au dauphin, il appartient à la famille des animaux fantastiques et imaginaires.

Aussi peut-on rapprocher de la gravure ce texte de Rabelais : « Peschoyt en l'air, dit-il, et prenoyt des écrevisses décumanes ».

Portant une longue barbe, la crinière en panache, le dos
fortement cuirassé, ce bouc extraordinaire, enfoncé dans
un casque jusqu'à la taille, pêche un dauphin à la ligne...

LXXXIII
QUARESME-PRENANT
ROY DE L'ISLE DE TAPINOYS

Liv. IV, Chap. XXXII

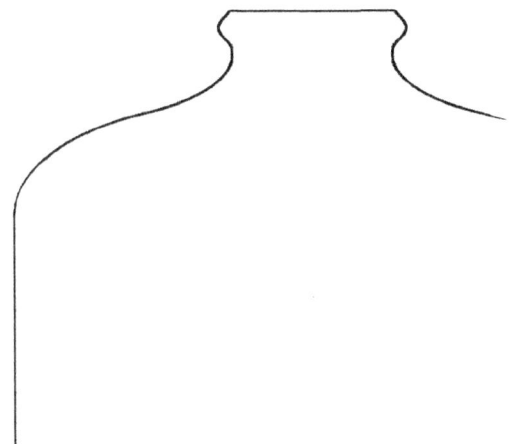

Un bébé criard, coiffé d'un bonnet à trois panaches, est enveloppé d'un maillot à bandelettes qui le ceignent de tours multipliés comme une momie d'Egypte.

Un bras sort du maillot et tient un sceptre surmonté d'un oiseau de nuit. De nombreux oisillons voltigent autour du hibou dont la contenance est placide. Le maillot de l'enfant se termine par une patte énorme qui pourrait bien renfermer des pieds fourchus. Ce bambin porte en bandoulière un anneau auquel sont suspendus un pied de bouc et un gland que les commentateurs donnent pour une gourde.

La position du personnage est oblique ; il est calé par deux fourches plantées dans un tertre voisin. Il y a certainement dans ce dessin des intentions satiriques. On peut y voir l'Ante-christ, dont, au moyen âge, on attendait sérieusement la venue.

« L'Antéchrist, dit Rabelais, est déjà né, ce m'a-t'on dist. Vray est qu'il ne faict encore qu'égratigner sa nourrice et ses gouvernantes. »

*Bébé criard, enveloppé de bandelettes tel une momie, tenant
un sceptre surmonté d'un oiseau de nuit, dont le large bas
des langes pourrait bien renfermer des pieds fourchus...*

LXXXIV
L'ANTÉ-CHRIST

Liv. III, Chap. XXVI

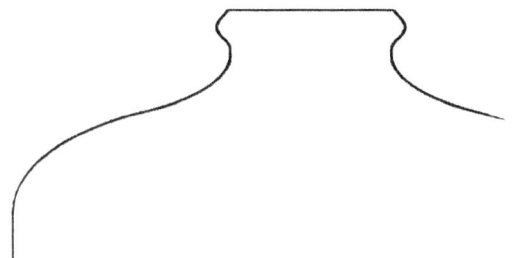

Il faut bien l'avouer ; ce nom de Carême- Prenant est une ressource dans les cas difficiles, et Rabelais a tellement multiplié les attributions de ce personnage qu'on trouve toujours chaussure à son pied.

Une tête-ventre-poitrine, dans sa vaste ampleur, remplace ces trois parties du corps humain ; elle est surmontée d'une forêt de plumes en forme de toupet ; les bras du fantoche émergent à la place que devraient occuper ses oreilles, et soutiennent, à droite et à gauche, deux trompes dont il a l'air de jouer comme de flûtes tibicines.

Au-dessous du menton, une sorte de robinet semble l'ouverture naturelle de l'outre formée par cette tête monstrueuse. On peut également y voir un attribut viril, car il repose sur une braguette étrangement dessinée. Au-dessous de ce phénomène paraissent deux cuisses et deux jambes chaussées de pantoufles à longs éperons de chevalier.

L'allégorie est assez embarassante, à moins qu'on ne se contente de la forme évidente d'oeuf qu'a la tête du personnage.

« A la mort de Quaresme, dit Rabelais, sera sédition horrible entre les moines et les oeufs. » Ce qui est une façon de dire qu'ils n'en voudront plus, pour en avoir trop mangé.

Une vaste tête-ventre-poitrine remplace ces trois parties du corps humain ; elle est surmontée d'une forêt de plumes, et ses bras soutiennent deux trompes dont elle joue...

LXXXV
QUARESME-PRENANT
ROY DE L'ISLE DE TAPINOYS

Prognostications, Chap. III

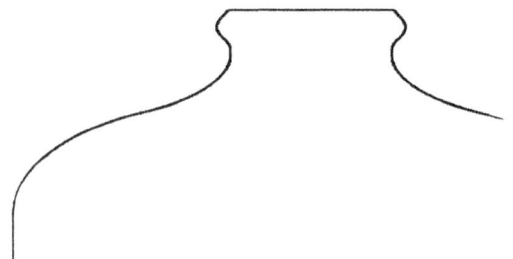

Nous renouvelons ici nos protestations, et rendons au cardinal de Lorraine ce qui ne peut être à Panurge. Panurge ne saurait être inquisiteur, et si Rabelais l'eût voulu représenter dans cette gravure, les colombes qui s'agitent dans son aumônière se fussent changées en poules, écume des marmites des noces de Gamache. Au reste, le personnage est trop édenté pour être le bouffon de Pantagruel.

Sous un vaste chapeau de cardinal, à aigrette, se cache une figure énorme, un oeil fermé, l'autre à l'affût, signe de traîtrise et d'espionnage. Une robe, un pourpoint serré d'une ceinture couvrent cet Argus qui ne dort que d'un oeil. Sa main gauche, parée d'un gant fourré, tient un bâton de pasteur ; sa main droite nue serre un glaive.

Dans un vaste sac, pendu à sa ceinture et orné d'un fragment de rosaire, deux oiseaux sont prisonniers ; c'est probablement l'inquisition qu'on a voulu représenter.

Les languettes extraordinaires dont ses souliers sont ornés peuvent témoigner de sa dignité ; nous ne leur trouvons pas de signification plus exacte. Nous verrons volontiers dans cette caricature le cardinal de Lorraine assassinant, emprisonnant les calvinistes, et s'emparant pieusement de leurs biens.

Cette figure édentée, un oeil fermé, l'autre à l'affût, se dresse sous un chapeau de cardinal. Sa main droite sert un glaive, deux oiseaux prisonniers pendent à sa ceinture...

LXXXVI
INQUISITEUR
LE CARDINAL DE LORRAINE

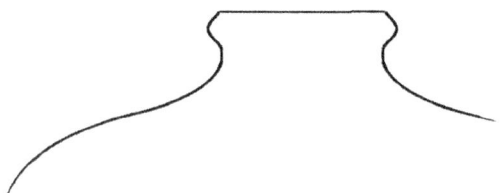

Après le ministre, la souveraine ; après l'inquisiteur, l'inquisition. Pour suivre l'allégorie de Rabelais, nous voici tout à fait dans le monde des oiseaux
de l'île Sonnante.

Un monstre à bec camus, à dos de crabe,
soutenu par deux maigres pattes de homard, est à
peu près accroupi. De sa poitrine pendent cinq ou
six longues mamelles ridées auxquelles se suspendent
des oies avides. Le dos de cette affreuse créature est
enveloppé d'une sorte de manteau ou de cape serrée,
qui se termine en drapeau flottant et se noue au derrière et sur le front.

Pour mettre le comble à ces étrangetés, au
point culminant de l'échiné du personnage s'élève un
perchoir, un bâton de Jacob, sur lequel se tiennent
gravement trois oiseaux de Paradis. Sur l'extrémité
recourbée en spirale de la patte droite de la bête, une
linotte coiffée ou un faucon encapuchonné, à deux
aigrettes, est gravement perché.

La figure est d'ailleurs placée sur une espèce
de promontoire, au-devant duquel s'étend un lac, probablement de sang - ce qui est une pure calomnie,
l'inquisition se contentant de brûler les gens.

Tout cela s'explique. Cette bête de l'Apoca-
lypse est le fondement naturel, le perchoir de la puissance des Papegauts, et les oies qui sucent son lait et
ses maximes représentent clairement les fidèles.

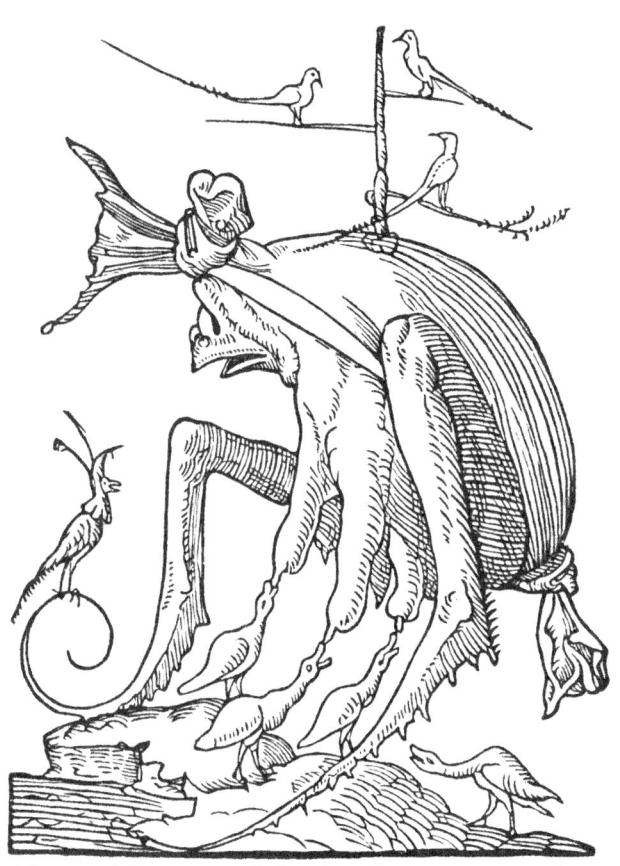

Monstre à bec camus, à dos de crabe, soutenu par deux maigres pattes de homard. De sa poitrine pendent de longues mamelles ridées, auxquelles se suspendent des oies avides...

LXXXVII
L' INQUISITION

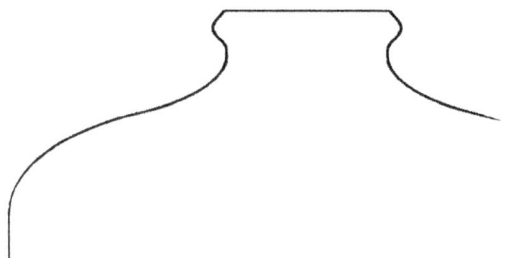

La caricature est cette fois d'une grande simplicité. Le pape belliqueux que Rabelais poursuit sans relâche est représenté par un immense bonnet de nuit, porté par deux petites jambes chaussées de souliers pointus ornés de longs éperons de chevalier.

Il faut remarquer que le soulier droit, à deux pointes, semble contenir un pied fourchu, et que le soulier gauche, à la poulaine, soutient une coupe.

Le bonnet de nuit, dont le bord inférieur est retroussé, paraît coiffé de sa propre extrémité entourée d'un galon. Un trou figure l'oreille d'où s'élève une plume d'oiseau de paradis. Une bouche immense et mince, boudeuse et méfiante, s'ouvre dans le bonnet ; elle est surmontée d'un nez prodigieux, retombant en forme de trompe, et saignant dans la coupe que lui présente le pied.

Jules II cependant n'était pas poltron. Sa qualité est suffisamment indiquée par un petit moulin à vent, formé des clés de saint Pierre, qu'il fait tourner autour d'une baguette placée dans sa main gauche. Sa main droite tient un couteau dans sa gaîne. Le pape est au repos sans doute.

Les commentateurs voient dans son saignement de nez « de la roupie tombant dans une lampe ». Cela nous paraît bien mystérieux.

Créature au nez prodigieux, qui semble se saigner dans la coupe présentée par son pied. Sa main gauche tient un moulin fait de clefs de saint Pierre, la droite un couteau dans sa gaîne...

LXXXVIII
JULES II
PAPEGAUT DE L'ISLE SONNANTE

Liv. I, Chap. II

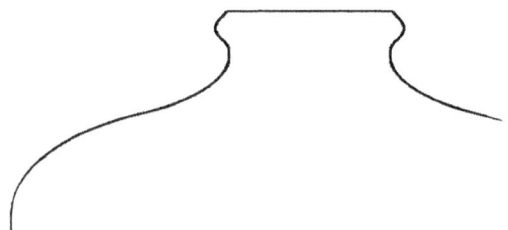

L'avez-vous vu, bonnes gens ? crient les Papimanes à Pantagruel et à ses gens débarquant dans leur île. Et Panurge répondant qu'il l'a vu, les naturels du pays lui baisent les pieds, sans qu'il puisse s'en défendre.

« Si là, de fortune, en propre personne il venoit, ilz ne sçauroient faire d'advantaige, remarqua Pantagruel.

- Si ferions, si, respondirent ilz. Nous luy baiserions le cul sans feuilles et les couilles pareillement. »

Liv. IV, Chap. XLVIII

Nous n'avons pas besoin de dire qu'il s'agit du Saint Père. Notre gravure représente un Papimane dans son acte d'adoration. Un mannequin, supporté par un pieu, coiffé de la mitre, porte la robe et l'étole et fait une figure assez narquoise. Le bonhomme, incliné devant l'idole, se soulève sur la pointe des pieds et fait passer un rosaire entre ses doigts.

Son costume, religieux au-dessus de la ceinture, finit assez mondainement par une jupe courte à festons ; sa barbe en pointe se dirige vers le saint. Une sorte de fourrure à longs poils garnit le profil de son vêtement.

« Par Homenas, dit Rabelais, nous feut montré l'archétype d'ung pape, image painte assez mal. »

L'homme, un rosaire entre les doigts, dressé sur la pointe des pieds, s'incline devant un mannequin supporté par un pieu, coiffé de la mitre, faisant une figure assez narquoise...

LXXXIX
DEVOT PAPIMANE

Liv. IV, Chap. L

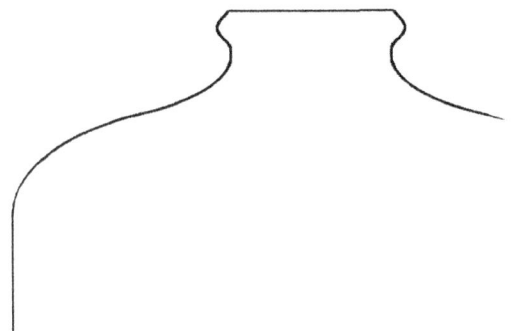

Une grande dame, s'il en fût. Echevelée, les yeux au ciel, dans une extase comparable à celle de sainte Thérèse percée des flèches de l'Esprit-Saint, une femme est debout, immobile.

Habillée d'ailleurs avec recherche, elle porte la chemisette, le tablier, la double robe, les manchettes et les gants, la ceinture et la collerette « goldronnée ». A son cou est suspendu un médaillon ou un reliquaire ; une aumônière, attachée à sa ceinture, tombe auprès d'une sorte de couteau, assez singulièrement accroché à sa jupe.

Cette bonne personne a sur l'épaule gauche un bouquet d'épis de blés ; un oiseau enfroqué et deux poissons à pattes montent la garde autour d'elle, et figurent sans doute le bon approvisionnement de son garde-manger. Ces hallebardiers d'un nouveau genre, que nous avons déjà rencontrés, sont un témoignage de sa dignité.

« Tenez cela de moy, dit maistre Aeditue, que pour manger les vivres de l'isle Sonnante, il faut se lever matin. »

C'est l'allégorie inverse du tonneau des Danaïdes : la multiplication des pains et des poissons.

Grande dame échevelée. Un oiseau enfroqué et deux poissons à pattes, montent la garde autour d'elle, figurant le bon approvisionnement de son garde-manger. Allégorie de...

XC
L'ISLE FORTUNEE
DES PAPIMANES

Liv. V, Chap. VII

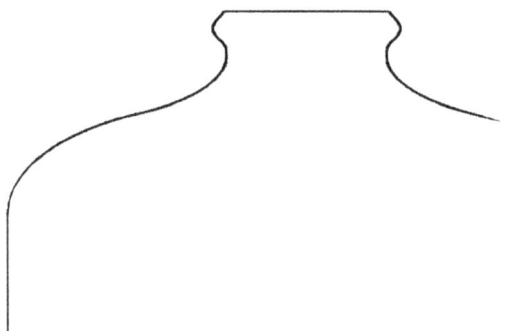

A voir l'enthousiasme avec lequel ce gros personnage entonne un pot de vin dans son large gosier, personne ne s'avisera de discuter la personnalité d'Anarche, roi des Dipsodes ou des altérés. Sa dignité souveraine est suffisamment indiquée par sa casquette à aigrette, ornée à l'arrière de fleurons découpés, et par son riche costume.

Un superbe pourpoint rayé, à manches volantes brodées et festonnées, une robe fourrée d'hermine, à brandebourgs, des pantoufles à fortes semelles le parent magnifiquement. De la main gauche il tient un poignard à lame dentelée.

S'il boit, c'est que c'est l'heure de la trêve conclue, pendant le combat de Pantagruel et de Loup-Garou.

« A doncques, dit Rabelais, se retirent touts les géants, avecques leur roy, là auprès, et Panurge et ses compagnons avecques eux, et Panurge leur dist : je renie bieu, compaignons, nous ne faisons point la guerre, donnez-nous à repaistre avecques vous, cependant que nos maîtres s'entrebattent. A quoi volontiers le roy et les géants consentirent, et les firent bancqueter avec eux. »

A voir l'enthousiasme avec lequel ce personnage entonne un pot de vin, un poignard dentelé dans la main gauche, nul ne contestera qu'il s'agit du premier des altérés...

XCI
ANARCHE
ROY DES DYPSODES

Liv. II, Chap. XXIX

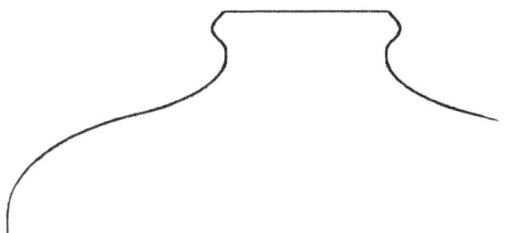

Cette servante d'auberge que les commentateurs trouvent « svelte et gracieuse », par antiphrase probablement, paraît être la charge de ces charmantes filles, employées au service de la table par les dévots Papimanes. Son costume en effet semble emprunté à la fois à l'Eglise et à la cuisine.

Un vaste chapeau de cardinal, à trois aigrettes, ceint d'un cordon épiscopal, couvre la fille jusqu'au buste, et arbore, en guise de cocarde, une cuillère à pot. La dame, vêtue d'une longue robe qui a quelque ressemblance avec une aube, montre des souliers à la poulaine qui anoblissent un peu son costume.

A sa ceinture pendent un pot de moutarde et une boîte d'épices ; une seconde ceinture lâche orne son habit et forme sur le genou une rosette singulière.

La belle porte sur un plat deux grenouilles, dont l'une est couverte d'un froc empanaché. Ces bestioles doivent être l'emblème de la douceur et de la placidité des unions religieuses : nous aurions ainsi, sous un masque un peu vulgaire, le prototype des nièces et des servantes de curé.

« Tout le sert et le dessert, dit Rabelais, feut porté par des filles pucelles mariables du lieu, belles, je vous affie, et de bonne grâce, lesquelles, vestues de longues, blanches et déliées aubes à double ceinture, nous invitoyent à boire avecques doctes et mignonnes révérences. »

"*Tout le sert et le dessert feut porté par des filles pucelles mariables du lieu, belles, je vous affie, lesquelles nous invitoyent à boire avecques doctes et mignonnes révérences...*"

XCII
PUCELLE PAPINAME

Liv. IV, Chap. LI

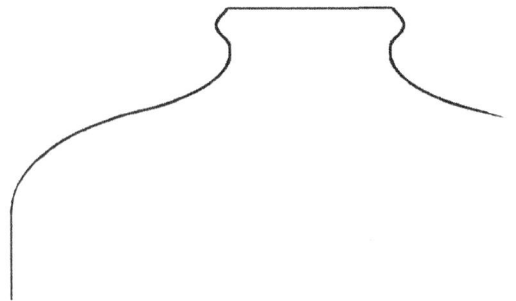

Cette abondance de poissons ne peut guère appartenir qu'à la sainte quarantaine, et cette figure, l'une des moins compliquées des Songes drolatiques, est une des mieux réussies et des plus originales.

Carême-Prenant court sur de larges pattes de sarcelle, en proie à une indigestion de maigre à laquelle il veut échapper.

Sa tête renversée, qui perd son bonnet à aigrette, est celle d'un poisson, et ouvre une gueule immense. Il en surgit un autre poisson qui lui-même en dégorge un plus petit. Ce n'est probablement pas le premier qui sort de ce gouffre, car Carême en tient un quatrième à plein poing.

Sa main gauche, armée d'une longue scie, a recours à un remède violent. Il se fend le ventre, d'où s'échappent des flots de poissons en assez bon état. Le personnage est d'ailleurs vêtu d'une chemise de matelot décolletée, à large col renversé ; une braguette, attachée à son caleçon, a des proéminences qui dénotent un échauffement produit par sa nourriture orthodoxe.

C'est bien décidément le « Gonfalonier des Ichthyophages, » ou, en langage moderne, le « capitaine des mangeurs de poissons ».

Sa tête est celle d'un poisson, de laquelle surgit un autre poisson qui en dégorge un plus petit. Il se fend le ventre, d'où sort un flot de poissons, en proie à une indigestion de maigre...

XCIII
QUARESME-PRENANT
GONFALONIER DES ICTYOPHAGES
Liv. IV, Chap. XXIX

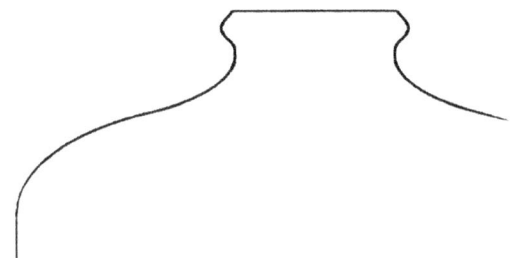

Les commentateurs voient dans ce chevalier en petite tenue le pape Jules II, mais ne peuvent appuyer leur opinion que sur son gant pontifical et son large manteau qui peut passer pour une chappe abbatiale.

Il porte sous ce vêtement une blouse ou un surplis, et tient de la main droite un vase, en forme de tête humaine, qui semble être un brûle-parfums, allusion à l'encens qui fume devant l'autel.

La tête du personnage est renfermée dans un casque qui laisse voir un oeil perçant et passer un long bec d'oie. Le cimier qui le surmonte est une branche sèche de houx épineux.

On peut assurément voir dans cette figure la réunion figurée des deux puissances militaire et ecclésiastique, mais avec un peu d'imagination, on lui trouverait bien d'autres significations.

J'entreprendrais volontiers de défendre celle qui ferait de ce fantoche le roi Anarche, créé vendeur de sauce verte, et marié par Panurge après sa défaite. Il est permis de penser qu'il avait conservé dans son malheur une partie de sa garde-robe. Le brûle-parfums serait un réceptacle de sauce, et quant au panache du casque, le mariage de l'infortuné avec une vieille lanternière l'expliquerait suffisamment.

Un casque, au cimier tel une branche sèche de houx, qui laisse voir un oeil perçant et un long bec d'oie, un gant pontifical, un brûle-parfums en forme de tête humaine ; une fois encore...

XCIV
JULES II
PAPEGAUT DE L'ISLE SONNANTE

Liv. II, Chap. XXXI

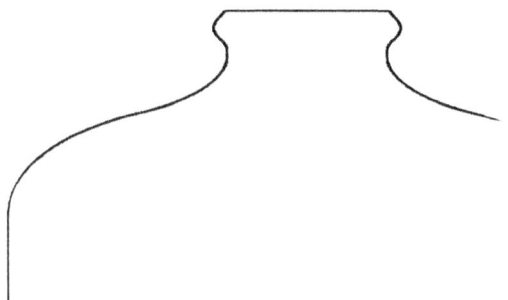

Les clés de saint Pierre, que ce personnage porte en équilibre et auxquelles il fait faire le moulinet, annoncent assez sa haute dignité ecclésiastique.

Jules II cache ses appétits violents sous une tête de mouton (?) qui le masque et qui donne à sa physionomie entière une douceur inaccoutumée. Les deux pavillons qui surmontent cette étrange coiffure symbolisent sa double puissance.

Le pape a l'air de tourner le dos au public, si l'on en juge par la position de ses pieds ; sa main droite est appuyée sur un bouclier à tête de Méduse ; de l'autre il brandit un couteau recourbé. Sur sa robe est figurée une paire de ciseaux, et pour compléter l'allégorie, dans la ceinture du bonhomme un diable à queue de poisson se démène et crie comme un brûlé.

Il ne faut pas chercher midi à quatorze heures pour voir là Jules II dans l'exercice des fonctions qui faisaient du monde catholique, au moyen âge - et au point de vue moral -, une grande chapelle Sixtine. Les ciseaux et le couteau l'indiquent suffisamment. Le pape fait des moines et des moinesses ; il peuple les cloîtres ; il châtre le monde, il oppose aux appétits charnels le bouclier de la règle, et le diable a beau tempêter, il ne sera diable désormais que de la tête à la ceinture.

Couteau recourbé et bouclier à tête de Méduse, il oppose aux appétits charnels le bouclier de la règle. Le diable a beau tempêter, il ne sera diable désormais que de la tête à la ceinture...

XCV
JULES II
PAPEGAUT DE L'ISLE SONNANTE

Liv. I, Chap. II

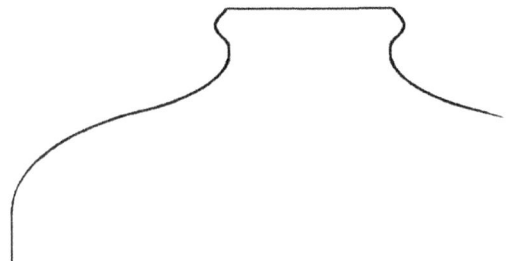

C'est par pure condescendance pour les commentateurs que nous verrons dans ce fantoche « le jeune babouin Gargantua, apprenant à pincer du luth, et identifié avec son instrument pour exprimer la grande application qu'il y donnait. »

Il nous semble que c'est aller chercher Gargantua bien loin. Il est plus simple de voir dans cette guitare faite homme, un des musiciens qui figurent dans de nombreux passages du Pantagruel, et notamment au livre IV, réunis en un jardin secret, sous une belle feuillade, autour d'un rempart de flacons, jambons, pâtés, et près de cailles coiffées.

Le musicien que représente la gravure semble être illustre, si nous en jugeons par son turban à longues aigrettes, par ses bottes à la poulaine et certains ornements de son costume. Toutefois il est dans le malheur.

Une figure de Priape à longues cornes, s'élevant d'une touffe d'herbes, racle les cordes de la guitare avec un roseau, et en tire des sons faux qui ont l'air de faire fuir le musicien.

Une longue bavette attachée à son menton semble d'ailleurs le mettre au rang des « vérolés trèsprétieulx » que Rabelais avait en si grande considération. Les détails de la figure confirment cette opinion.

Cet homme est dans le malheur. Un Priape à longues cornes
tire des sons faux des cordes de son luth, et une longue
bavette le désigne comme un vérolé très-précieux...

XCVI
MUSICIEN

Liv. IV, Prologue

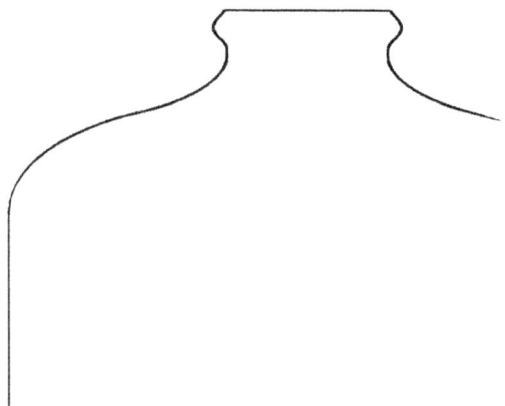

Cette figure gourmande pourrait certaine-
ment être celle de frère Jean, si quelque attribut belliqueux ou galant en anoblissait l'allure.

N'est-ce qu'une simple personnification de la
gourmandise monacale ? Un frère, vêtu de la robe et
du froc, boutonné jusqu'au menton, avec un gland qui
lui pend assez étrangement dans le dos, est grimpé
sur un buisson, auprès d'une haute et vaste marmite à
deux anses. Il en soulève le couvercle et y trempe une
cuiller à pot dont il lèche le manche avec béatitude.
Les bras du personnage sont nus.

Je ne puis m'expliquer pourquoi le vase paraît
fuir par une fêlure, à moins que ce ne soit une allusion
à l'hérésie, qui portait les premiers coups à la marmite
ecclésiastique.

« Est-ce, dit Rizothome, quelque vertu latente
et propriété spécifique absconse dedans les marmites,
qui les moines y attire comme l'aimant attire le fer ? »

Et plus loin : « les moines ne mangent mie
pour vivre, vivant pour manger ».

Il paraît que Molière aussi a pillé maître François.

Un frère, vêtu de la robe et du froc, grimpé sur un buisson auprès d'une haute et vaste marmite, en soulève le couvercle et y trempe une cuillère à pot dont il lèche le manche...

XCVII
MOINE MOINANT

Liv. IV, Chap. XI

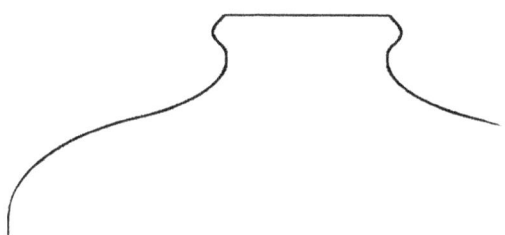

Il est assez difficile de donner une signification précise à ce bonhomme à vaste carrure, vêtu d'une espèce de sac, ou plutôt formant lui-même un sac ou une vaste aumônière, bouclée sur la poitrine, et à laquelle il ne manque rien, pas même les courroies destinées à l'attacher à la ceinture et qui s'élèvent sur le dos.

La figure du personnage disparaît tout à fait sous un vaste chapeau de religieux, dont la partie supérieure a la forme d'une gourde. Du sac sortent deux petites jambes chaussées de savates à pointe arrière, et deux bras, l'un tenant un rosaire et l'autre une crosse abbatiale.

La quête ne pouvait être mieux représentée, ni l'aumônière à recueillir les dons des fidèles, dans laquelle les commentateurs voient un bât.

C'est là un de ces « petits quêteurs voustez, petits prescheurs bottés, petits confesseurs crottés » dont parle Epistemon dans sa Critique du carême.

Rabelais leur reproche ailleurs leur ignorance : « arrivants, à la cassine, de loing il apperceut Tappecoue qui retournoit de queste, et leur dist en vers macaroniques :

Hic est de jpatrîaj natus de gente belîstra...
Voyez cet homme du pays, ce fils de bélître... »

Liv. IV, Chap. XIII

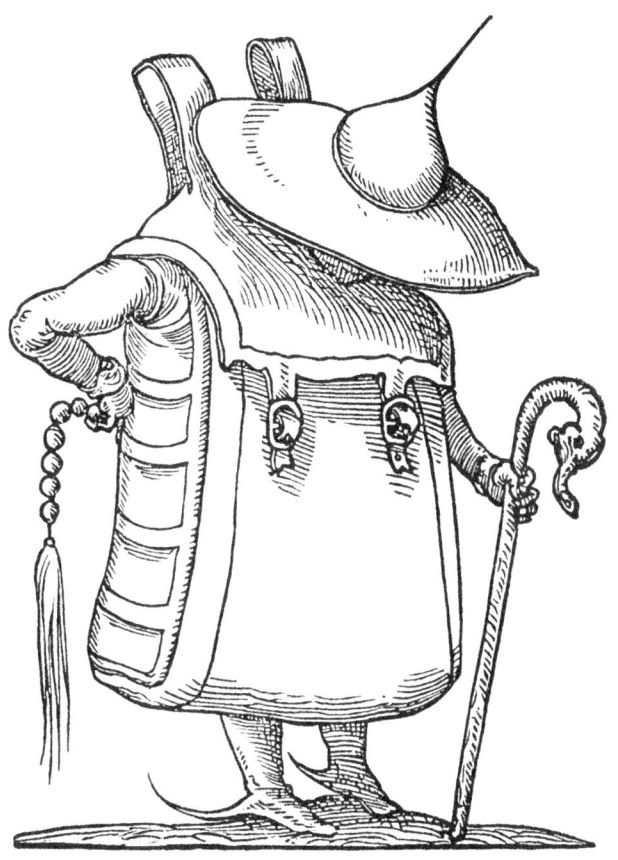

Il forme lui-même un sac, ou une vaste aumônière. "Petits questeurs voustez, petits prescheurs bottés, petits confesseurs crottés", tel en parle Epistemon dans sa Critique du carême...

XCVIII
QUESTEUR VOUSTEZ

Liv. V, Chap. XXIX

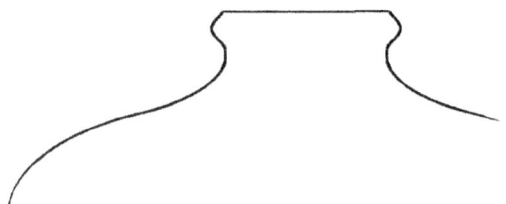

Un long manteau traînant et un bonnet carré à la Vénitienne peuvent faire reconnaître un chevalier de Malte dans le personnage à figure maussade qui semble s'avancer vers nous. Les commentateurs assurent qu'il danse ; il n'y a pas de quoi.

Il est assez bizarrement vêtu sous son manteau d'un large collier, sorte de ceinture raide qui supporte une aumônière gonflée. L'ordre de Malte était riche en effet. On trouve sur ce collier une petite décoration en fer à cheval, que nous avons déjà signalée dans quelques gravures. Notre chevalier est fort empêché ; il tient d'une main un long parchemin, sans doute la règle de l'ordre qui lui impose la chasteté et le célibat, et de l'autre une poignée de verges dont il a l'air de vouloir fustiger une partie de lui-même, qui est dans un état déplorable.

« Qui sont, demanda Panurge, ceux-ci, et comment les nommer ?

- Ils sont, respondit Aeditue, métis. Nous les appelons Gourmandeurs, et ont grand nombre de riches Gourmanderies en vostre monde.

- Où sont, demandai-je, les femelles ?

- Ils n'en ont poinct, respondit-il.

- Comment donc, inféra Panurge, sont-ils ainsi crouste-levés et touts mangés de grosse vérole ?

- Elle est, dit-il, propre à cette espèce d'oiseaulx, à cause de la marine qu'ils hantent quelquefois. »

"Qui sont ceux-ci ? - Nous les appelons Gourmandeurs, ils ont un grand nombre de riches Gourmanderies en vostre monde. - Où sont leurs femelles ? - Ils n'en ont poinct..."

XCIX
OISEAUL GOURMANDEUR
DE L'ISLE SONNANTE

Liv. V, Chap. V

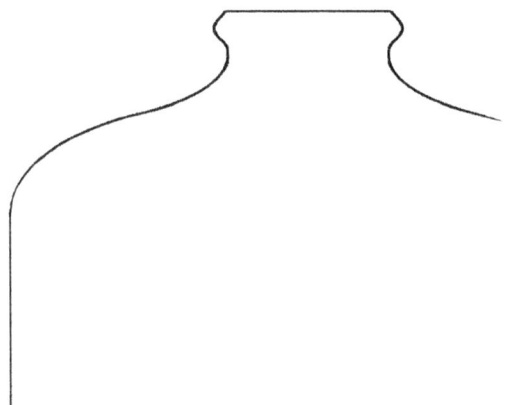

Les commentateurs voient dans cette figure le pauvre cholérique Picrochole, roi de Lerné, fuyant devant Pantagruel qui vient de le vaincre. Il est couvert d'une méchante souquenille, en forme de sac, dont les meuniers l'ont vêtu, après l'avoir roué de coups, à la suite de l'affaire des fouaces....

En rapprochant cette gravure de la planche XCVIII, une explication plus naturelle vient à l'esprit. C'est, dans les deux cas, une immense aumônière qui forme le trait principal du personnage ; elle est d'abord fermée et bouclée, ensuite ouverte et défaite.

Ne peut-on voir dans ce changement le second acte d'une même pièce, la transformation de l'Église, dès que l'aumônière est remplie ? D'abord humble et suppliante, pour réunir les aumônes de la chrétienté ; puis, tout à coup, ouvrant son sac, soudoyant des reîtres, achetant des alliés, payant des armées, et portant par toute l'Europe le fer et le feu ?

Il ne serait pas difficile, en rappelant quelques incidents historiques, de voir dans ces deux figures le pape Jules II, à deux époques de son règne.

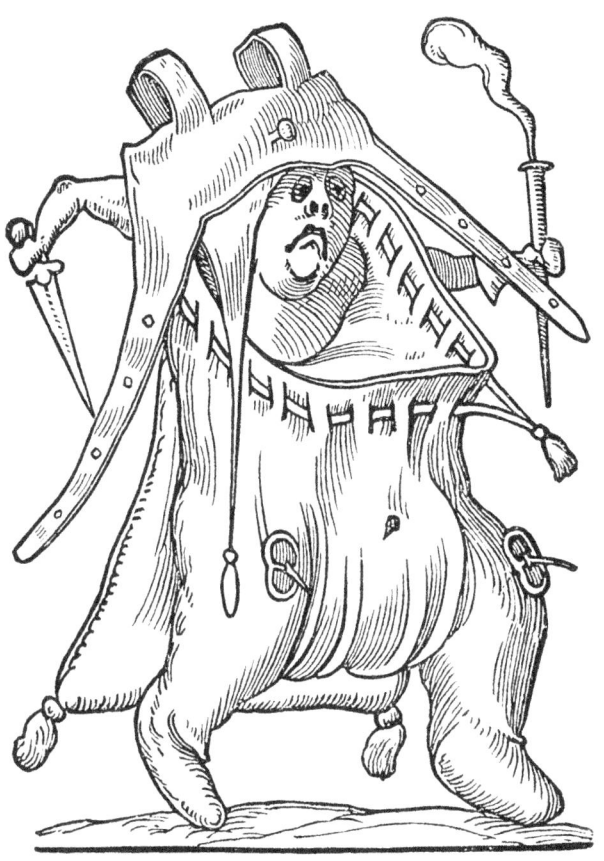

Personnage qui n'est qu'une immense aumônière. Après avoir supplié pour réunir les dons, il s'ouvre, soudoie les reîtres, achète des alliés, paye des armées, porte le feu et le fer...

C
QUESTEUR VOUSTEZ

Liv. V, Chap. XXIX

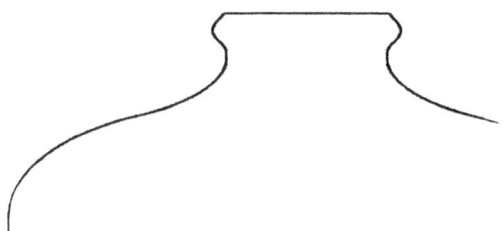

Faut-il en croire les commentateurs et voir dans cette figure ce « diableteau de cour » qui fut si galamment attrapé deux fois par le laboureur de Papefiguière, et mis en déroute par sa femme - un peu trop déchirée ? Il faut pour cela beaucoup de bonne volonté. On ne fait pas de diable sans griffes ni cornes.

Cet effréné joueur de violon est plutôt un de ces musiciens fantaisistes, réunis en petit comité, tel que celui de la planche XCVI.

Les deux fantoches sont de la même famille, non seulement au point de vue des avantages naturels qu'ils exhibent avec complaisance, mais par la confusion établie entre leur individualité et l'instrument dont ils jouent.

En effet, les cordes du violon sont tendues entre les mâchoires du virtuose, écartées d'une manière anormale par la configuration singulière de la bouche. Il porte des gants fourrés et promène sur ces cordes un archet qu'il conduit délicatement de la main droite ; la main gauche en appelle aux auditeurs.

La tête tient du singe, du chat et du chien ; elle est ornée de longues oreilles et de trois plumes élégantes. Le buste est serré dans un pourpoint boutonné, couvert d'un col à pointes; les cuisses se transforment en queues de crocodile qui finissent en spirale linéaire, avec une houppe à leur extrémité.

Cordes de violon tendues entre ses marchoires de virtuose,
sur lesquelles il conduit délicatement un archet, tandis que
de l'autre main il en appelle aux auditeurs...

CI
MUSICIEN

Liv. IV, Prologue

On fait beaucoup d'honneur à Tevot peut-être, en appliquant cette figure à sa mince individualité. J'y verrais de préférence un des bas-reliefs du temple de Bacbuc.

Il est certain, dans tous les cas, qu'il s'agit d'un ivrogne, personnifié par une bouteille inclinée qui répand des flots de purée septembrale. Le personnage court ; un de ses pieds, nu, plonge dans le flot qui s'échappe du vase ; l'autre est chaussé d'une bottine fourrée dont la pointe recourbée porte un éperon.

La tête de l'ivrogne, penchée sur le ventre de la bouteille, disparaît dans une large coupe qu'il tient de la main droite et dont le fond extérieur représente une tête de Méduse. De la main gauche il brandit un pot suspendu à une longue perche en guise de drapeau.

Ainsi Rabelais fait crier à Tevot allant en guerre : « Sauve, Tevot, le pot au vin ! » Et Tevot, en effet, l'abrite de son mieux, mais au détriment de son contenu.

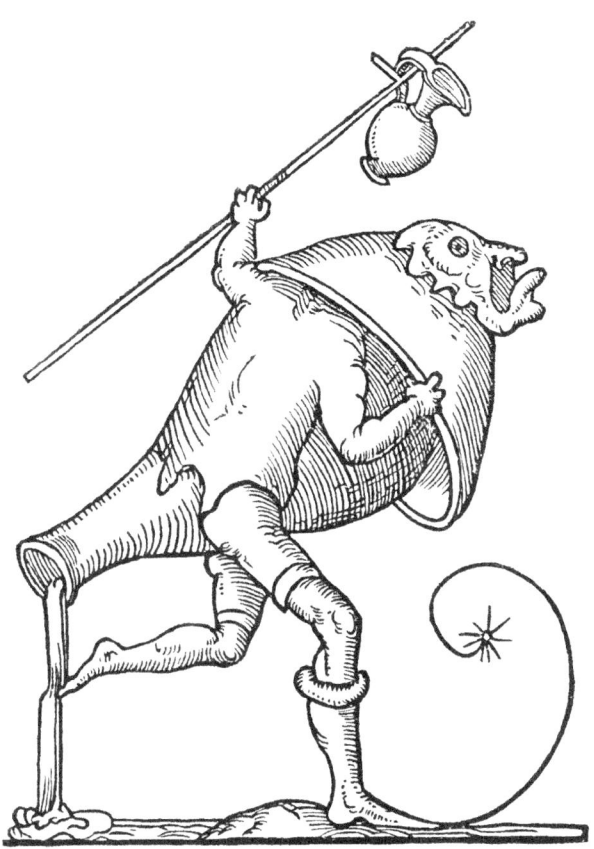

Ivrogne, personnifié par une bouteille inclinée, la tête dans une coupe au visage de Méduse. Il brandit bien haut un pot. "Sauve, Tevot, le pot au vin !" crie-t-il allant en guerre...

CII
TEVOT
LE FRANC-TAUPIN

Liv. III, Chap. VIII

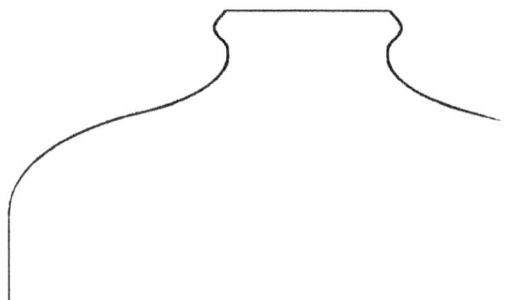

Un large pâté fumant, une forteresse, un sac ; sous cet aspect complexe « et peu défini se présente une figure plus originale que vivante.

Un vaste cylindre reposant à terre porte sur un de ses flancs des traits humains et notamment une bouche largement échancrée. Au-dessous, au prolongement du menton, sur le sol, un robinet de forme galante, une ouverture bizarre, laisse échapper un ruisseau qui s'enfuit en serpentant.

Des parois du cylindre, effondrées çà et là, sortent des têtes d'oiseaux et d'animaux peu distincts, ainsi que deux maigres bras, dont l'un brandit un large coutelas, tandis que l'autre tient un chapeau pointu à vastes bords. Ajoutons qu'à la cime du couvercle de ce pâté singulier, un second couteau est fiché dans une ouverture qui laisse échapper une fumée nourrissante.

J'aurais fait de cette gravure un emblème gastronomique. Les commentateurs y voient Bringuenarille - Charles-Quint - retiré dans la cuisine des moines de l'abbaye de saint Just. Les coqs qui le dévorent sont les Français dont les succès le dégoûtèrent de l'Empire. Enfin, le fleuve qui s'écoule témoigne que ses grands projets s'en allèrent à vau-l'eau. La confiance est une belle chose.

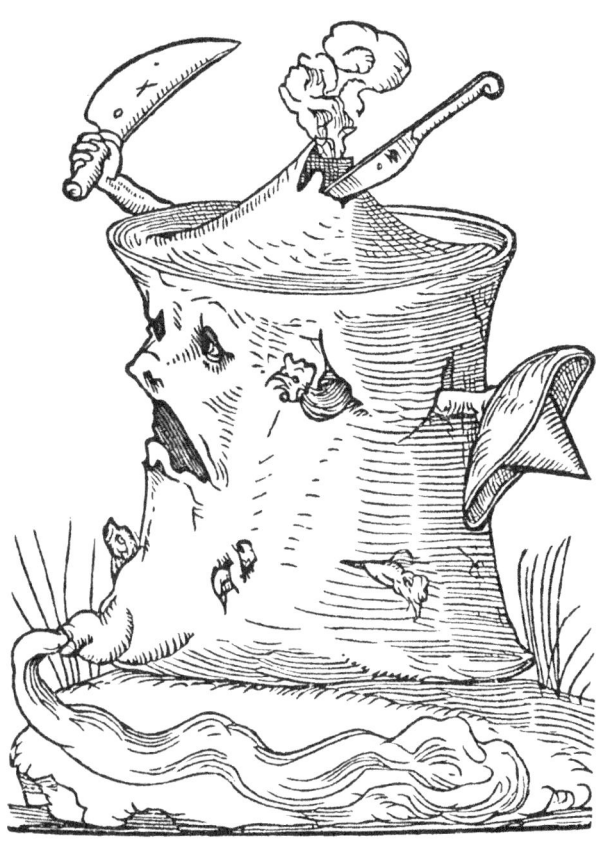

Un large pâté fumant, une forteresse... Sous le menton, un robinet de forme galante. Des têtes d'oiseaux peu distinctes, ainsi que deux bras maigres, dont l'un armé...

CIII
BRINGUENARILLES
LE GRAND

Liv. IV, Chap. XLIV

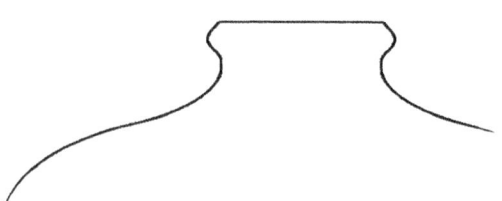

Il est certain que Dindenaut est peu poli et qu'il a les premiers torts dans sa querelle avec Panurge. On n'appelle pas les gens « cocus » sans les connaître, surtout lorsqu'ils ne sont pas mariés. Toutefois, Panurge se venge un peu trop, et l'on ne noie pas les gens pour si peu.

Si nous rappelons cette histoire, c'est pour protester contre l'interprétation des commentateurs qui veulent voir dans cette figure le malheureux marchand de moutons. Rien n'autorise cette explication ; l'épée et les éperons de chevalier que porte le personnage nous la font surtout rejeter.

S'il faut tout expliquer, je verrai plutôt dans ce bonhomme le seigneur de Humevesne, plaidant devant Pantagruel. Sa bosse énorme agrémentée de broderies et le vaste sac qu'il porte à sa ceinture sont remplis sans doute des pièces de son procès, ou témoignent du poids moral d'une affaire semblable.

La grue qui gobe les mouches bourdonnant autour de la cervelle du bonhomme représente les juges idiots qui prenaient au sérieux les balivernes débitées par ce plaideur lunatique.

Les larges oreilles et la face abrutie du fantoche dénotent un ahurissement complet, et quant au geste de la main droite qui bouche le nez, le nom de ce seigneur bénévole est assez précis pour que nous n'insistions pas là-dessus.

*Bosse énorme agrémentée de broderies, vaste sac à la ceinture,
remplis des pièces du procès que lui fait Pantagruel. Larges
oreilles et face abrutie dénotant un ahurissement complet...*

CIV
LE SEIGNEUR
DE HUMEVESNE

Liv. II, Chap. XI

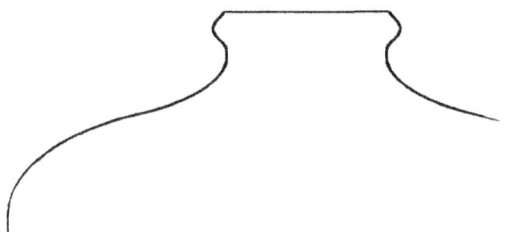

Voici le chef de la chrétienté. Du sein d'une source dont les ondes ont des frémissements circulaires s'élève un arbuste puissant qui supporte une étrange figure, moitié homme, moitié cloche.

La tête s'unit immédiatement au ventre et semble moulée dans le fond de cloche qui lui sert de bonnet. L'oeil est celui d'un poisson, la bouche est large et dévorante.

Ce fantoche ventru tient de la main droite une longue clé qui se termine en fourche, symbole de l'enfer qui est un de ses moyens de gouvernement, ou simple râteau destiné à ramener vers Rome les aumônes de l'Europe catholique.

L'indice de virilité exigé par la tiare est en vue ; le pied droit est chaussé de la mule sainte que le Papegaut offre aux baisers du monde. Sa main gauche, revêtue d'un bracelet et du gant épiscopal, lève deux doigts en signe de bénédiction.

Quant à la cloche, qui porte deux fois le monogramme d'Alcofribas Nasier, c'est l'attribut naturel du Saint Père, la voix de l'Eglise ; elle est ornée d'un cordon à gland et porte écrit sur sa plus large circonférence un mot irrévérencieux : CORNAR. Est-ce une allusion à la corne de la mître ?

« Ils tirent par chascun an de France en Rome, dit Rabelais, quatre cent mille ducats et dadvantage. »

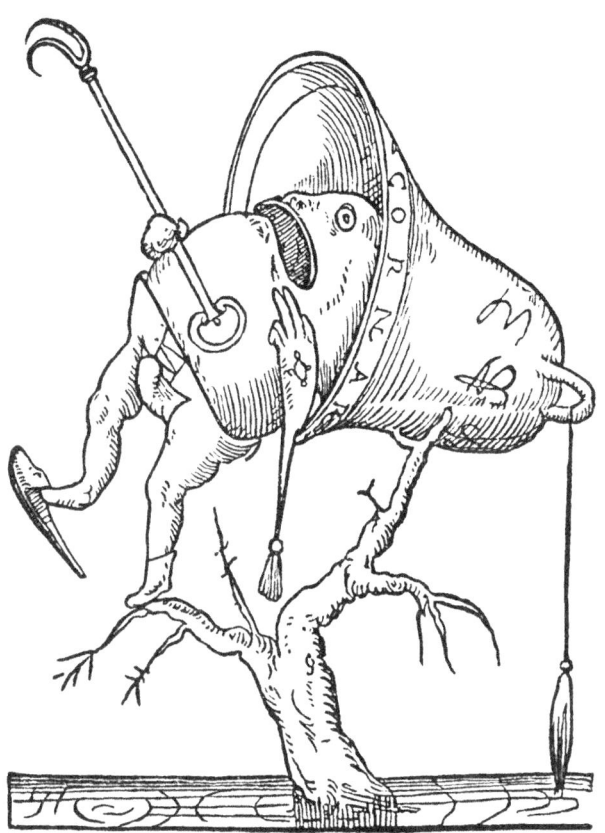

Figure moitié homme, moitié cloche, supportée par un arbuste puissant. La main gauche lève deux doigts en signe de bénédiction, la droite tient une fourche pour ramener les aumônes...

CV
LE GRAND PAPEGAUT
DE L'ISLE SONNANTE

Liv. IV, Chap. LIII

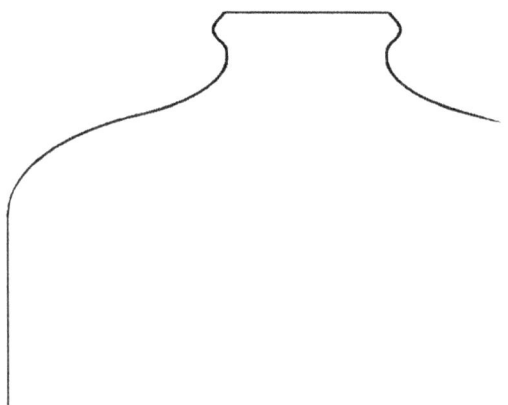

Carême, si l'on veut. Il semble que ce personnage rébarbatif porte un collier de cervelas, et ce n'est pas sans quelque effort que j'y vois un rosaire. Il est en outre bien gras pour avoir jeûné quarante jours. On peut supposer, il est vrai, que le bonhomme n'en est qu'au mercredi des cendres.

Sa toque, ornée d'une magnifique plume de paon, a l'air d'un diadème ; son nez est fait « comme un brodequin enté en écusson », et son oreille développée « comme une mitaine » s'accorde avec les descriptions de Rabelais.

Carême tient d'une main une épée qui ressemble à une broche ; de l'autre, il élève un rameau sans feuilles où sont enfilées trois nommes ou trois patenôtres. C'est dans cet équipage belliqueux qu'il soumet la chrétienté à ses lois.

Il est vêtu de vêtements collants, et donne les preuves d'une virilité humble, mais monumentale. Chaussé de pantoufles à languettes, il s'avance d'un air délibéré. Sa face lippue et son oeil austère sont pleins d'austérités.

*Face lippue et oeil austère, il s'avance d'un air belliqueux,
encore bien gras pour avoir jeûné quarante jours. On peut
supposer qu'il n'en est qu'au mercredi des cendres...*

CVI
QUARESME-PRENANT
GONFALONIER DES ICTYOPHAGES
Liv. IV, Chap. XXXI

Cet être hideux, bizarrement affublé, qui semble faire le grand écart sous sa longue douillette, doit être une personnification de l'hypocrisie.

Sa face repoussante manque absolument de nez ; peut-être n'est-ce qu'un masque posé sur le visage. Le buste du personnage est enveloppé d'un pourpoint épais qui monte jusqu'au dessus de la tête et s'épanouit en cornet. Ce vêtement est percé de deux fentes par où passent les maigres bras du Papimane, qui tient ses mains jointes comme s'il priait. Mais sur son habit, un poignard est en évidence, et un phallus énorme, relevé vers lui, est dissimulé par une braguette étroitement attachée à la ceinture.

On reconnaît là ces « bonnes gens, confits en paroles et en révérences, prêts à mettre à feu et à sang les rois qui transgresseraient un iota des saintes décrétales. Habitués du reste à se faire servir par les filles pucelles du lieu, belles, je vous affie, saffrettes, blondettes, doucettes et de bonne grâce ».

Ce triple caractère dévot, féroce et galant est fort bien indiqué par la figure.

Etre dont le visage est un masque, qui semble faire le grand écart sous sa longue douillette, les mains jointes comme s'il priait. Mais sur son habit, un poignard est en évidence...

CVII
L'HYPROCRISIE

Liv. IV, Chap. L

Les énormes et saintes clés qui frappent les yeux, au premier aspect de cette gravure, prouvent évidemment que nous avons affaire au chef de l'Eglise. L'une se termine en serre d'oiseau de proie ; l'autre finit par un rossignol assez compliqué. Ce sont des maîtresses-clés, capables de crocheter les coffre-forts et les consciences, propres à dévaliser les familles et les royaumes.

Que fait pourtant le saint homme qui les a abandonnées, et qui porte en guise de pourpoint une amphore munie d'une anse et ceinte d'une épée en bandoulière ? Il a l'air fort affairé.

Juché sur une cloison ou une porte brisée, il semble vouloir la percer d'une vrille. Cherche-t-il à la raccommoder ou à la rompre davantage ? C'est la question. Ce qu'il y a de certain, c'est qu'il vomit sur son ouvrage des flots de bile et de vin.

Son oeil est plein d'angoisses. Il faut sans doute voir, dans cet étrange ouvrier, le pape Jules II, compromettant, par sa galanterie et son ivrognerie, les clôtures de l'Eglise et les clés divines qui lui sont confiées.

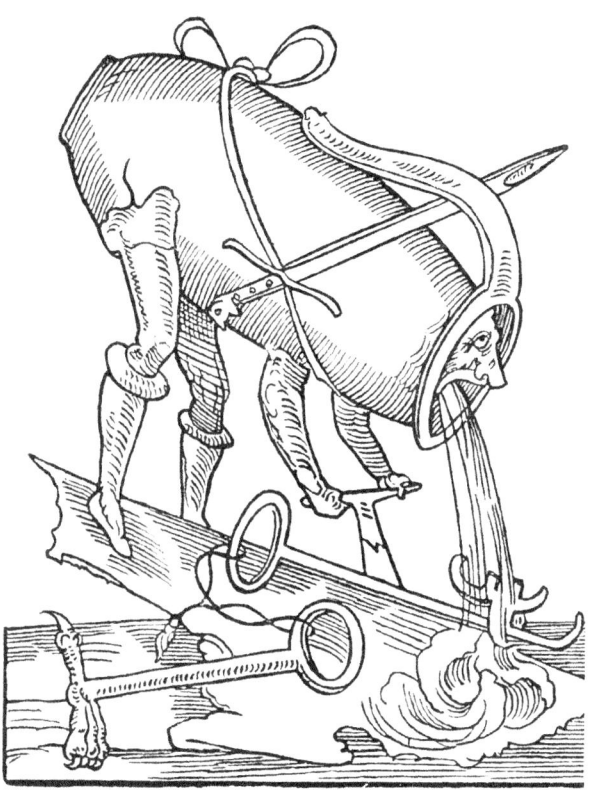

Au pied de celui qui vomit sa bile, deux énormes clefs, l'une en serre d'oiseau de proie, l'autre en rossignol. Maîtressesclefs, capables de forcer les consciences, de dévaliser les royaumes...

CVIII
JULES II
PAPEGAUT DE L'ISLE SONNANTE

Liv. I, Chap. II

Cet archer se trouve placé dans une position d'équilibre que l'on comprendrait difficilement, si l'on ne s'apercevait que l'extrémité de son arc touche la terre.

Assis légèrement sur un escabeau, il tend, avec ses pieds chaussés d'élégantes bottines, un arc puissant dont ses mains retiennent la corde. Sa flèche semble descendre. Il est coiffé d'un casque rond à visière levée, qui porte pour cimier sept plumes magnifiques. Le buste disparaît sous une carapace de tortue qui est bien le plus singulier manteau qu'on puisse imaginer. La figure de l'archer ne montre qu'une partie de son profil, orné de barbe et de moustaches.

On peut sans doute voir un chevalier de Malte dans ce bonhomme, dont la virilité est complaisamment attestée, mais c'est peut-être lui faire beaucoup d'honneur que de l'anoblir. Nous pouvons avoir affaire à un simple archer de Picrochole, d'Anarche ou de Gargantua, prenant ses aises devant l'ennemi.

Le buste de cet archer est dissimulé sous une étrange et riche carapace. De son casque rond, ornementé de sept plumes d'oiseau de paradis, dépassent barbe et moustaches...

CIX
OISEAUL GOUMANDEUR DE L'ISLE SONNANTE

Liv. V, Chap. V

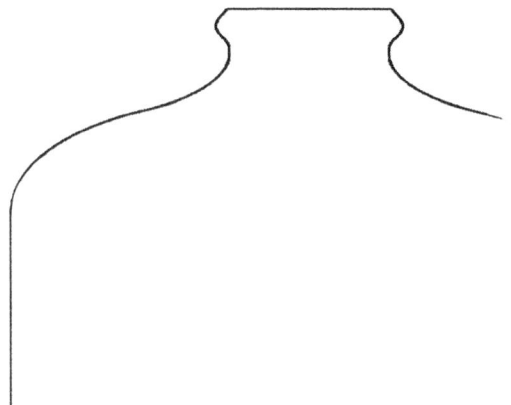

Une forme ventrue et peu distincte, vêtue d'un énorme sac, s'avance à grands pas. Elle est chaussée de mules ; un chapeau à vastes bords est posé sur elle comme un éteignoir. Pas de tête, pas de bras ; deux pieds s'aperçoivent à peine, et pourtant on pressent sous ces voiles une forme humaine remuante et hardie.

Sur le sac, à la hauteur de la poitrine, est attachée une décoration que nous avons déjà rencontrée ; un coquillage traversé d'une aiguillette. Au chapeau pend le cordon épiscopal, formant le saint triangle. Une scie, que rien ne parait diriger, fend le chapeau du personnage ; il s'échappe de l'ouverture des flammes et un nuage d'abeilles. Du milieu du sac part un grand ressort circulaire qui commande à plusieurs soufflets réunis.

On peut reconnaître, dans cette étrange figure, le pape Jules II, avec ses violences, sa tête volcanisée, ses idées bourdonnantes et tumultueuses, et les inclinations guerrières qui le poussaient à attiser les discordes et à bouleverser la paix du monde.

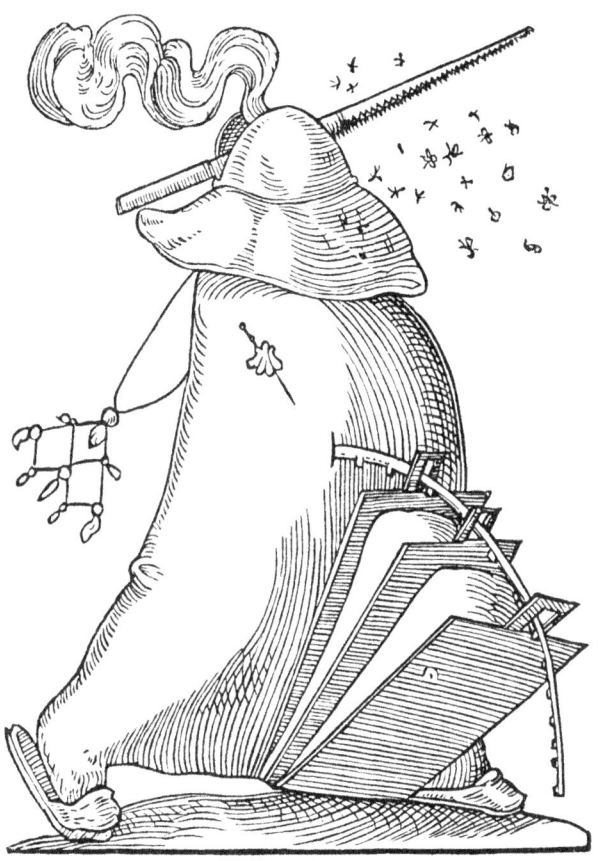

Des flammes et un nuage d'abeilles s'échapent du chapeau qu'une scie fend en deux. Couvre-chef qui dissimule une tête volcanisée, aux idées bourdonnantes et guerrières...

CX
JULES II
PAPEGAUT DE L'ISLE SONNANTE
Liv. I, Chap. II

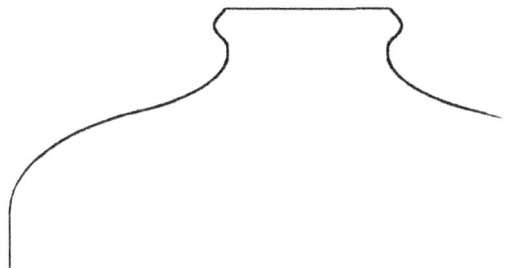

Nous ne comprenons pas que les commentateurs voient dans cette figure un oiseau gourmandeur, chevalier de Malte, prototype du petit maître. Il n'y a rien de masculin dans ce personnage, dont les formes ont des courbes absolument féminines.

Ses jambes élégantes et ses petits pieds sont chaussés de bottines fourrées ; ses cuisses rondes grossissent rapidement pour s'épanouir en éminences très-prononcées. Elles sont renfermées dans un haut de chausses lacé par devant et qui s'arrête au derrière. Le torse paraît nu.

La dame est coiffée d'un vaste capuchon en forme d'éteignoir qui la couvre jusqu'à la taille, et qui se prolonge postérieurement en forme de manteau. Par des ouvertures pratiquées dans le capuchon on aperçoit un oeil rond et un long bec d'oiseau. De toutes petites mains gantées tiennent un balai et un miroir, symboles d'ordre et de coquetterie.

Cette agréable personne si court vêtue pourrait être une de ces abbegesses, en costume d'amour, qui peuplent l'Ile Sonnante - la chevesche peut-être - ou mieux encore une de ces « diverses cailles coiphées » à qui de joyeux musiciens chantent mignonnement, en un jardin secret : « prends que sois manche et tu seras coingnée ».

Cette personne, si court vêtue, pourrait être l'une de ces "diverses cailles coiffées", à qui de joyeux musiciens chantent : "prends que sois manche et tu seras coingnée..."

CXI
CAILLE COIFFEE
DE L'ISLE SONNANTE

Liv. IV, Prologue

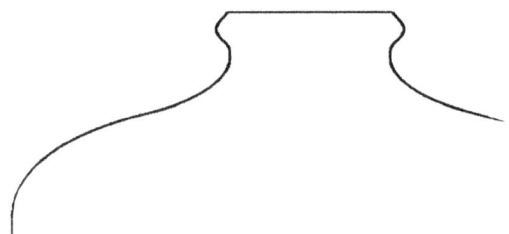

Cet avorton sans bras, cette espèce de man-
dragore, est sans doute un des cinquante-trois mille
fils que Pantagruel engendra dans un moment d'oubli.

Son large chapeau, relevé d'un ornement,
porte une plume magnifique, indice de sa haute nais-
sance. Une oreille immense, au milieu de longs cheveux pendants, accompagne sa face effarée. Le buste
est très-court et se développe tout entier dans une virilité splendide. La jambe gauche, chaussée d'une bottine, est celle d'un homme ; à la cuisse droite s'attache
une maigre patte d'oiseau.

Cette créature disgracieuse et incomplète a sa
légende :

« Panurge feit un ped, un sault et un su blet,
et cria à haulte voix joyeusement : Vive tousjours Pantagruel !

Ce voyant, Pantagruel en voulut aultant faire,
mais du ped qu'il feit, la terre trembla neuf lieues à
la ronde, duquel, avec l'aer corrompu, engendra plus
de cinquante et trois mille petits hommes nains et
contrefeicts, et d'une vesne qu'il feit engendra aultant
de petites femmes accropies

Par Dieu, dist Panurge, vos peds sont-ils tant
fructueux ? Voilà de belles savates d'hommes et de
belles vesses de femmes ; il les fault marier ensemble ;
ils engendreront des mouches bovines. »

Cette créature est sans nul doute l'un des cinquante-trois mille fils que Pantagruel engendra dans un moment d'oubli. Le buste, très-court, se développe en une virilité splendide...

CXII
CONTREFAIT
NÉ DU PET DE PANTRAGRUEL
Liv. III, Chap. XXVII

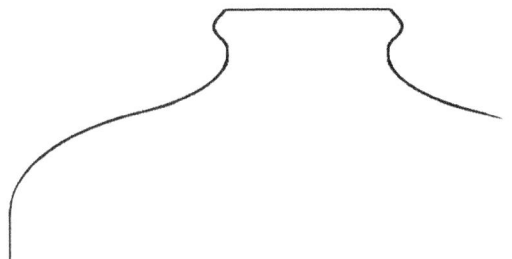

Ce guerrier redoutable, à figure martiale et fière, n'est autre que Pantagruel, dans une des circonstances les plus périlleuses de sa vie. Il ne s'agit plus en effet de mettre à sac des hommes de six pieds, mais des géants de taille égale à la sienne. Loup-Garou est un adversaire d'autant plus redoutable qu'il porte la lance d'Astolfe qui renverse tout ce qu'elle touche.

Aussi Pantagruel prend-il dans cette occasion des mesures singulières. Il ne se contente pas d'adresser à Dieu des prières interminables ; il attache à sa ceinture une barque pleine de sel et prend en main le mât d'un navire en guise de bourdon.

C'est une barque, en effet, au travers de laquelle passe le corps du chevalier que nous décrivons. On peut se plaindre d'un défaut de proportions entre l'énorme buste de Pantagruel et la partie inférieure de son corps. Elle est ornée d'un attribut viril modeste ; l'un des pieds seulement porte un soulier à la poulaine.

Une longue épée est attachée à la barque au moyen d'une courroie qui passe assez étrangement sur la tête du personnage. Le bourdon qu'il tient de la main gauche a l'aspect d'une crosse d'abbé, très-ornementée ; son casque de fer - ou qui semble tel - se plisse tout à coup au sommet de la tête et retombe en mèche comme un bonnet de coton.

Une longue épée à la ceinture, une barque emplie de sel
autour du corps, un mât de navire en guise de bourdon, le
fier géant Chevalier se prépare à affronter Loup-Garou...

CXIII
PANTAGRUEL
ROY DE DIPSODIE
Liv. II, Chap. XXVIII

Cette benoîte figure, accueillante et pateline, nous représente l'obligeant maître Editue, portier, concierge, introducteur des visiteurs de l'île Sonnante.

Vêtu d'un long manteau qui se rattache à son bonnet et à ses sandales tout d'une pièce, il a l'air d'avoir sur son front un bandeau sur lequel sont écrits des souhaits de bienvenue. Sa figure brune, discrète et barbue, porte un long voile flottant qui s'attache à son menton ; ses mains gantées sortent de larges manches et ont l'air de complimenter les gens.

« C'estoit, dit Rabelais, un petit bonhomme vieulx, chaulve, à museau bien enluminé et face bien cramoisie. Il nous feit très-bon accueil par la recommandation de l'ermite. Après avoir très-bien repeu, nous exposa les singularités de l'isle. »

Ces singularités, au travers desquelles Aeditue promène Pantagruel et ses compagnons, sont les oiseaux de l'Ile Sonnante, perchés sur tous les degrés de la hiérarchie catholique, leurs biens et leurs apanages - sans compter les « clergesses, monagesses, presbtregesses, abbegesses, évesgesses, cardingesses et papegesses » consacrées par le ciel au divertissement de ses élus.

"C'estoit un petit bonhomme vieulx, chaulve, à museau bien enluminé et face bien cramoisie. Après avoir très-bien repeu, nous exposa les singularités de l'isle..."

CXIV
MAISTRE AEDITUE
PORTIER DE L'ISLE SONNANTE
Liv. V, Chap. II

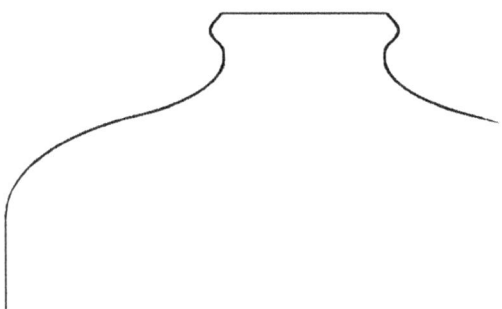

Une tête énorme, sphérique, plus grosse que le reste du corps, est l'apanage du dieu de la goinfrerie. Il est couronné de la zone de cheveux que la règle des monastères impose aux bons moines, trait de satire un peu direct. Le sommet du crâne porte une calotte irrégulière, panachée d'un faisceau de plumes triomphantes.

Manduce a le genou en terre et tient des deux mains une lèchefrite qu'il lèche avidement. Un flot de sauce semble s'en échapper et s'écoule derrière lui.

Nous ne chercherions pas à cette gravure d'autre explication, si Rabelais avait fait de Manduce un être animé. Mais voici ce qu'il en dit :

« C'estoit une effigie monstrueuse, ridicule, hideuse et terrible aux petits enfants, ayant les oeils plus grands que le ventre et la teste plus grosse que le reste du corps... »

Notre personnage est plus vivant que cela, et nous préférerions y voir, sinon l'excellent frère Jean, au moins quelque moine gourmand de l'abbaye de Sévillé, et peut-être un de ces bons frères fredons qui mangent « au dimanche, boudins, andouilles, saulcissons, fricandeaulx, hastereaulx, caillettes, etc ».

Liv. V, Chap. XXVI

"*C'estoit une effigie monstrueuse, ridicule, hideuse et terrible aux petits enfants, ayant les oeils plus gros que le ventre et la teste plus grosse que le reste du corps...*"

CXV
MANDUCE
DIEU DES GASTROLASTRES
Liv. IV, Chap. LIX

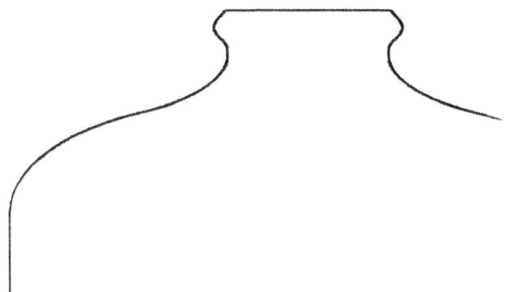

Le geste principal de cette figure nous oblige à consigner l'avis des commentateurs qui y voient Panurge « faisant quinault l'Anglois, qui arguoit par signes ». Cependant quelques accessoires du dessin ne s'y accordent pas.

« Doncques Panurge, dit Rabelais, myt les deux maistres doigts à chascun cousté de sa bousche, les retirant tant qu'il pouvôyt et monstrant toutes ses dents, en faisant assez laide grimace. » Et plus loin : « Panurge prist sa longue braguette et la secouoyt tant qu'il pouvoyt contre ses cuisses. »

Ce personnage nous paraît plus sérieux. C'est la première fois que nous trouvons un bonnet à triple étage, surmonté de trois panaches, qui signifie certainement la couronne papale.

Nous voyons bourdonner aux environs l'essaim d'abeilles qui a déjà personnifié les idées remuantes du pape Jules. Il est revêtu du camail épiscopal. La partie inférieure de son corps, qui se rapproche de la forme du singe, est nue et fait allusion aux appétits charnels du pontife. Sa virilité se manifeste par une sorte de poignard qui rappelle les attributs de la gent canine, allusion à la grossièreté des goûts de ce pape, et peut-être à sa cruauté.

"Doncques, il myt les deux maistres doigts à chascun
cousté de sa bousche, les retirant tant qu'il pouvoyt et mon-
strant toutes ses dents, en faisant assez laide grimace..."

CXVI
PARNURGE

Liv. II, Chap. XIX

Cet adorateur du ventre répond assez bien à l'idée qu'en donne Rabelais. Revêtu d'une soutane et d'un camail fort simples, il marche pacifiquement, soulevant sa robe à des hauteurs inusitées par l'immense rotondité de sa bedaine. Elle tombe sur ses genoux, et à la hauteur de ses mollets apparaissent des apanages virils magnifiques, qui témoignent de la bonne entente qui règne entre Comus et l'Amour.

La tête du personnage, en forme d'olive, a une étrange apparence ; on dirait une sorte de bec d'oiseau de proie, témoignage d'une extrême voracité. Elle est ornée d'un panache court et touffu.

« Les gastrolâtres, dit Rabelais, se tenoient serrés par trouppes et par bandes, joyeux, mignards, douillets aulcuns ; aultres tristes, graves, sévères, rechignes ; tous otieux, rien ne faisants, poinct ne travaillants, poids et charge inutile de la terre, comme dict Hésiode ; craignants (selon qu'on povoit juger) le ventre offenser et emmaigrir. Au reste masqués... »

La paresse que l'auteur reproche au gastrolâtre est indiquée par l'absence des bras.

La sorte de bec de ce personnage à tête d'olive indique son extrême voracité. La rondité de son ventre relève sa robe à des hauteurs inusitées, l'absence de bras témoigne de sa paresse...

CXVII
GASTROLASTRE

Liv. IV, Chap. LVIII

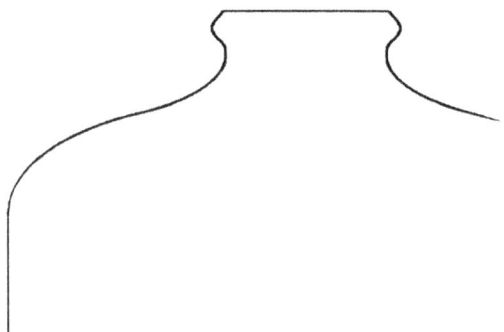

Nous reconnaissons le pape Jules II à la coiffure que nous lui avons déjà vu porter planche CX. Non que les coiffures soient identiques, car le chapeau rond a pris des allures pointues, mais nous revoyons la même scie fendre le sommet du chapeau, d'où s'échappent encore des flammes et de la fumée.

La tête du personnage, énorme, monstrueuse, remplit une forteresse tout entière, forteresse courant sur deux roues, ce qui nous reporte à la première gravure de ce livre. La personnalité de Jules n'est donc pas discutable.

Les détails de la forteresse sont assez soignés ; elle est munie de contre-forts et de lucarnes ; un grand cimeterre est à son flanc, attaché par une courroie au chapeau pointu. Une main gantée passe par une brèche de la muraille et en saisit la lame. Divers arbustes poussent autour du fort dont la base est entourée de gazons.

Enfin, la dignité de ce pape guerrier est indiquée par des gardes enfroqués qui semblent avoir des têtes de rats, de lièvre, de singe ou d'oiseau. Toute la création en effet est au service du successeur de saint Pierre, dont la main lie et délie sur la terre et dans le ciel.

Une fois encore, de la fumée et des flammes s'échappent du chapeau de ce guerrier, qui emplit tout entier une forteresse courant sur deux roues, accompagné de gardes enfroqués...

CXVIII
JULES II
PAPEGAUT DE L'ISLE SONNANTE

Liv. I, Chap. II

Sans la crosse épiscopale que ce personnage tient à la main, sans la mule bénite qu'il offre du pied aux baisers des fidèles, nous eussions cherché François Iᵉʳ dans ce profil connu ; mais il faut se rendre à la vraisemblance. Nous avons à faire au chef de l'Eglise.

Son vaste chapeau a pour cimier un aigle qui tient dans son bec de longues guides, dirigeant sans doute le char de la chrétienté. La main gauche du Pape lève un faisceau d'épis de blé, symbole de l'abondance promise aux gens d'Eglise. Un capuchon festonné, à pointes aiguës, le coiffe et tombe sur ses épaules. Son pourpoint - fantaisie singulière - est fait d'un pot cassé par un tailleur habile, ce qui peut être une allusion à l'ivrognerie du héros.

Le pied qui ne porte pas de mule est serré par une guêtre boutonnée, et la diversité des chaussures s'explique par le double rôle guerrier et religieux de ce pontife bruyant.

Jules a l'air d'être en repos ; il se présente à la chrétienté en costume d'apparat, avec ses avantages et ses privilèges. Sa barbe tendue en avant bénit les peuples sur lesquels ses mains empêchées ne peuvent s'étendre.

Crosse dans une main, épis de blé, symbole de l'abondance promise, dans l'autre, il se présente en costume d'apparat, dont le pourpoint est un pot cassé par un tailleur habile...

CXIX
JULES II
PAPEGAUT DE L'ISLE SONNANTE

Liv. IV, Chap. L

L'Eglise ne repoussait pas les Apedeftes - ignorants, illettrés, dont elle peuplait ses monastères.

Une hideuse commère, aux mamelles pendantes, coiffée d'une aigrette et d'une vaste oreille, lève un pot d'une main et tient une coupe de l'autre. Sur son bras est passée une courroie, une discipline, ou un cordon monastique. Son corps est fait d'un tonneau supporté par deux griffes aiguës ; une queue de serpent s'enroule autour de son pied.

Du tonneau jaillissent des jets de liqueurs qui désaltèrent une tête enfroquée et un petit bonhomme à queue de poisson, coiffé d'une espèce de corbeille.

« Sitôt que la grappe fust là, ils la mirent au pressoir, et n'y eut grain dont pas un ne pressurât de l'huile d'or... Or, nous comptait Gaigne-Beaucoup, ils en ont toujours sur le pressoir. - Et digne vertus ! dist frère Jean, appelez-vous ces gens-là ignorants ? Comment diable ! Ils tireroient de l'huile d'un mur. - Ainsi font-ils, dist Gaigne-Beaucoup ; car souvent ils mettent au pressoir des chasteaulx, des parcs, des forests, et de tout en tirent l'or potable. - Vous voulez dire portable, dit Epistemon ».

On songe malgré soi au denier de Saint-Pierre.

" Les appelez-vous des ignorants ? Ils tireroient de l'huile d'un mur ! - Ainsi font-ils, car souvent ils mettent au pressoir des chasteaulx, des forests, et de tout tirent l'or..."

CXX
L'ISLE DES APEDEFTES

Liv. V, Chap. XVI

LISTE DES FIGURES